Leserstimmen zu »Buch, Mord und Kaffee«

*»Ein Krimi, der mich gleich zu Beginn begeistern konnte.
Spannend und abwechslungsreich bis zum Schluss. Ich
konnte das Buch nicht mehr aus der Hand legen.«
Christophe Häni*

*»In diesem Krimi hat nichts gefehlt, Spannung,
Gefühle,Herzklopfen, Humor und ein überraschendes Ende.
Mehr davon!«
Barbara Zumstein*

*»Düdingen war mir bisher vollkommen unbekannt, doch
schon nach dem ersten Kapitel konnte ich mehrere Dörfer
aus meiner Jugend aufzählen, in denen sich das Leben
genauso abgespielt hat. Mit gutem Gespür für Stimmungen
und präziser Sprache erzählt der Autor hier eine spannende
Geschichte voller Überraschungen. Menschliche
Verstrickungen wie in einem Fernsehkrimi. War eindeutig
ein Lesespaß den ich empfehlen kann.«
Testudina auf Amazon.de*

*»Entspannter Krimi mit sympathischer Hauptfigur
und toller Atmosphäre. Jean-Pascal Ansermoz
trifft immer den richtigen Ton.«
Markus Kleinknecht*

Zum Buch

Ein Achttausend-Seelen-Ort mit einem Einkaufszentrum oder zwei, einer katholischen und einer
reformierten Kirche, einem Bahnhof und einem eigenen
Buchcafé. Davon träumt jedenfalls Valerie Birbaum, die
nach zwölf Jahren gerade deswegen zurück nach
Düdingen zieht, wo sie einen Großteil ihrer Jugend
verbracht hat: der Wunsch nach einem einfachen Leben
in einer ruhigen Umgebung. Ideal um die gescheiterte
Ehe zu vergessen und endlich ihren Frieden zu finden.
Ihre Rückkehr stellte sich Valerie jedoch anders vor,
hatte sie doch nicht mit einem Toten gerechnet ...

Zum Autor

Jean-Pascal Ansermoz wurde als Schweizer im
September des Jahres 1974 in Dakar (Senegal) geboren.
Er ist einer, der mit Leichtigkeit über den Röschtigraben
springt, schrieb er doch bis 2009 nur in französischer
Sprache. Weltenbürger, Romand und Deutschschweizer
in einem: ein Autor mit Hang zum Kriminellen, aber
auch zu Poetischem, Literarischem, Alltäglichem und
Besonderem.

Mehr Infos unter: **www.jeanpascalansermoz.ch**

Jean-Pascal Ansermoz

Buch, Mord und Kaffee

Ein BuchCafé Krimi

© 2.Auflage 2019 *Jean-Pascal Ansermoz*

ISBN: 978-3-7494-8349-5

Herstellung und Verlag: BoD – Books on Demand, Norderstedt

Lektorat: Michael Lohmann, Worttaten.de
Foto Autor: Christian Baeriswyl, cbfotografie.ch
Umschlag & Satz: AZ Productions, Fribourg (CH)
unter Verwendung von Motiven von Freepik.com
und Artwork von Helaine Chardon

Die Deutsche Nationalbibliothek verzeichnet diese Publikation in der Deutschen Nationalbibliografie; detaillierte bibliografische Daten sind im Internet über http://dnb.dnb.de abrufbar.

KAPITEL 1

Es war ein trüber Montag im November und die Kirchglocken schlugen zehn Mal. Ich stand ganz allein auf dem Bürgersteig vor den geschlossenen Räumlichkeiten an der Hauptstraße 30, die vor einem Jahr noch eine Drogerie beherbergten. Obwohl die Schaufenster mit Pappkarton von innen zugedeckt worden waren, konnte ich durch einen Spalt einen Blick auf mein neues Glück erhaschen: Wände aus grauem Beton, der Boden übersät mit Pappschachteln, Steinen und anderem Gerümpel, eine Birne, die einsam im Raum hing. Dunkel kam es mir vor. Und ich konnte förmlich die schlechte Luft riechen, die sich angesammelt haben musste. War dieser Ort wirklich die Erfüllung meiner Träume? War es wirklich das, was ich wollte, nach allem, was ich durchgemacht hatte?

Manche Montage begannen dramatischer als andere.

Mir kamen Zweifel, zumal die Frau des Immobilienbüros bereits fünfzehn Minuten Verspätung hatte. Die Kälte dieses Novembertages kroch durch meinen Mantel in mich hinein, und ich war mir nicht sicher, ob ich sie je wieder loswerden würde. Ich konnte mich nicht erinnern, jemals so gefroren zu haben.

Das Dorf lag in dicken Nebel gebettet. Selbst das geschlossen wirkende Hotel, das ich bei meiner ersten Besichtigung auf der anderen Straßenseite entdeckt hatte, zeigte nur spärliche Konturen. Als wollte es nichts damit zu tun haben. Für den Abend waren zudem Wind und Schnee angesagt.

Auf der Hauptstraße vor mir, der Mitte meiner sichtbaren Welt, spuckte der Nebel immer wieder Autos aus und verschluckte sie wieder wie Schafe, die man zählt, in der Hoffnung einmal den Schlaf finden zu können. Die Straßen zeigten sich ansonsten fast menschenleer.

Ich blickte zum Himmel hoch, als ich die ersten Tropfen spürte.

Nicht dein Ernst, oder?

An einen Regenschirm hatte ich beim Verlassen meines überteuerten Zimmers natürlich nicht gedacht. Aber Regen macht ja bekanntlich schön.

Ich wollte nicht die wenigen Stufen zur Eingangstür hinaufgehen. Eine Frage der Ehre. Dort könnte ich mich zwar unter dem Vordach ins Trockene bringen, würde aber für jedermann sichtbar auf einem Podest stehen. Das wollte ich vermeiden. Es waren ja nur wenige Tropfen, versuchte ich, mich zu trösten. Wer wird sich denn da gleich Sorgen um seine Haare machen wollen?

Irgendwie hatte ich mir das aber anders vorgestellt. Um meine Pläne zu ändern war es jedenfalls zu spät. Zweihundertneunundzwanzig Komma acht Kilometer entfernt, in St.Gallen um genau zu sein, waren drei Männer dabei, all mein Hab und Gut in einen großen Lastwagen zu laden. Also, eher einen mittleren. Okay, ich gebe es zu, vielleicht reichte auch schon ein kleiner. Viel hatte ich ja nicht behalten. Es sollte ein neues Leben werden. Da nimmt man nicht zu viel Kram aus dem alten mit.

Nur das Nötigste.

Und die Bücher.

Und die Katze.

Ich durfte nicht vergessen, dass Hemingway bei meiner Mutter auf mich wartete. Dort war sie in Sicherheit, bis das Gröbste erledigt war. Ich machte mir deshalb trotzdem Sorgen. Meine Mutter besaß einen Hund, den sie nach ihrem verstorbenen Ehemann Ernst getauft hatte. Ich bin nicht wirklich ein Hundeliebhaber. Und Hemingway teilte diesen Charakterzug mit mir. Er wird mir wochenlang den Kopf waschen, wenn ich ihn nicht bald wieder aus den Fängen meiner Mutter befreite. Würde er zwar sowieso. Katzen strafen sofort und erklären nachher.

Wie das Leben.

Und an diesem Schuldgefühl konnten selbst die zahlreichen Bilder nichts ändern, die quasi im Stundentakt per WhatsApp einliefen. Er fehlte mir, ja. Selbst durch die Bilder konnte er mir ein schlechtes Gewissen einreden.

Meine Wohnungsschlüssel hatte ich letzten Freitag in Empfang nehmen wollen. Daraus wurde aber nichts. Die Vormieter waren noch nicht wirklich umgezogen. Kisten füllten den Eingangsbereich, als die Maklerin aufschloss. Der Mann hatte stirnrunzelnd auf die Kisten gestarrt und sich am Kopf gekratzt. Es hatte Verspätungen gegeben. Als ich mich umsah, kamen mir fast die Tränen. Abfallsäcke standen herum und Leitern und Werkzeuge und einige Möbelstücke auch noch. Drei Kinder jagten sich schreiend hinterher. Da musste alles noch geputzt und gestrichen werden. Die Maklerin schien zwar verlegen, zuckte dann aber mit den Schultern und empfahl mir mit einem Lächeln ein Hotel am Bahnhof.

Nun ja, das Zimmer gab mir genau die Möglichkeit, von der Tür zum einzigen Fenster zu gelangen. Viel Platz war da nicht übrig und auch wenn ich nicht wirklich schlank bin, dann bin ich auch nicht wirklich dick. Ich bin für mein Gewicht einfach zu klein. Natürlich fragte ich mich, wie andere damit klarkamen, sich im winzigen Badezimmer umzudrehen, ohne irgendwo anzustoßen. Am besten gleich rückwärts rein. Auch der Ausblick auf den leeren, trostlosen Parkplatz und das sich duckende Bahnhofsgebäude war natürlich im Preis mit inbegriffen. Frühstück kostete jedoch extra.

Sehr romantisch, das Ganze.

Bis Ende der kommenden Woche sei das Zimmer zu haben, hatte man mir erklärt und gleich nachgefragt, ob ich nicht schon am Dienstag abreisen könnte. Es würde den bereits erstellten Einsatzplan der Putzfrauen erheblich weniger belasten. Ich habe gelächelt und meine Kreditkarte gezückt. Das Wochenende bei meiner Mutter zu verbringen, kam sowieso nicht in Frage. Ein anderes Hotel zu suchen würde sich als schwierig erweisen, zumal ich nicht mit meinen Koffern quer durch das ganze Dorf spazieren wollte. Dementsprechend fügte ich mich meinem Schicksal.

Dass der letzte Zug vor meinem Fenster um ein Uhr in der Früh fährt und der erste Schnellzug bereits um fünf Uhr vorbeidonnert, musste ich selbst in Erfahrung bringen.

Aber ich hatte ja auch nicht danach gefragt.

Der Regen wurde mehr. Einzelne Tropfen hatten ihren Weg auf meine Kopfhaut gefunden und hinterließen kalte Eindrücke. Mir schauderte es.

Mittlerweile waren es zwanzig Minuten, die ich im leisen Regen mit Aussicht auf Nebel auf die Vermieterin des Lokals wartete: meine Unterlagen an die Brust gepresst, fragte ich mich, was ich eigentlich hier tat.

Schließlich hörte ich Schritte.

Energische Schritte.

Aus dem Nebel schälte sich eine Frau mit einem Schlüssel in der Hand. Sie trug einen klassischen Businessanzug, einen übergroßen schwarzen Regenschirm auf dem in gelber Schrift ›Quick‹ zu lesen war. Ihre unbeteiligte Miene verzog sich zum Ansatz eines Lächelns, als sie mich grüßte. Blaue Augen, dunkelblonde Haare, Sommersprossen um die Nase. Vom Alter her hätte sie meine Tochter sein können.

Eilig nahm sie die wenigen Stufen zur Eingangstür, schloss auf und ließ mir den Vortritt, den ich dankend annahm. Der Geruch war schlimmer, als ich ihn mir vorgestellt hatte.

Viel schlimmer.

Sie stellte den Regenschirm neben die Tür, wo er still und glücklich vor sich hin tropfte.

»So, da wären wir«, sagte sie, als würde sie mir den Zugang zur Honeymoon-Suite eines Fünf-Sterne-All-inclusive-Hotels gewähren.

Mit einer Hand hielt ich mein Halstuch vor Mund und Nase, nicht zuletzt auch, um meine schwindende Hoffnung nicht zu kommentieren.

»Was stinkt denn da so?«, nuschelte ich.

Sie blickte sich um, zuckte mit den Schultern.

»Das riecht wirklich nicht gut. Erinnert mich an den Geruch, den wir in unserem Keller hatten, bevor wir die tote Ratte fanden.«

Aha, dachte ich nur und sah mir den Müll an, der den Boden bedeckte. Mitten im Raum stand ein in sich zusammengefallener Schreibtisch. Ein

Drehstuhl lag daneben, aus dessen Polster sich die Federn hochschraubten wie Unkraut durch Beton. Währenddessen versuchte die Vermieterin, Licht in die Dunkelheit zu bringen. Die Lampe blieb aus. Sie betätigte mehrmals den Lichtschalter, gab dann seufzend auf.

»Nun, machen Sie sich mal keine Sorgen. Wir wissen, dass Sie hier in drei Wochen Ihr Buchcafé eröffnen wollen. Die Räumungsarbeiten starten noch heute. Das geht schnell. Wir treffen uns morgen um dieselbe Zeit und dann sieht das alles schon ganz anders aus. Das Einzige, was wir noch gemeinsam besprechen müssen, ist das Ersetzen der Toilette.«

»Sie meinen, dass Sie all das in einem Tag noch hinbekommen?«

Ich blickte zweifelnd auf den Unrat. Sie lächelte mild.

»Da haben wir schon ganz anderes hingekriegt.«

Ich wollte ihr glauben.

»Kommen Sie, ich zeig Ihnen unser Toilettenproblem.«

Sie ging vor, über Zeitschriften und Gestein hinweg. Ich kam nicht umhin, die Art zu bewundern, mit der sie in ihren High Heels fast über dem Ganzen zu schweben schien, während ich selbst in Turnschuhen Mühe hatte, nicht zu stolpern.

Die Toilette, oder was noch davon übrig war, sah nicht mehr sehr frisch aus. Die Holztür war in der Mitte gespalten und mit allerlei Sprüchen übersät. Eine Brille gab es gar nicht mehr und das Porzellan wies einen Sprung auf, der vom Boden bis zur Sitzfläche reichte.

Sie folgte meinem Blick.

»Ich weiß, darüber haben wir noch nicht gesprochen. Wir werden das selbstverständlich ersetzen.«

Ich nickte schwach, während ich versuchte, das idealisierte Bild meines Buchcafés über die Trostlosigkeit des betretenen Ortes zu stülpen.

Es gelang mir nicht.

Die junge Frau hatte ihrer übergroßen Tasche einen Eckspanner entnommen, aus dem sie nun Papiere zum Vorschein brachte.

»Die gute Nachricht ist, ich habe die Kopie Ihres Vertrages dabei.«

KAPITEL 2

Eigentlich hatte ich vor, meine Rückkehr so unauffällig wie möglich zu halten.

Als ich vor zwölf Jahren den Ort Hals über Kopf verließ, um mich in die Arme meines Nunmehr-Exmannes zu flüchten, hatte ich mir geschworen, nie mehr hierher zurückzukommen. Ich dachte, ich würde meinen Traum leben, in der Ostschweiz, fernab meiner Kindheit und meiner Mutter. Und nun stand ich vor der größten Herausforderung meines Lebens: einen zweiten Lebenstraum zu verwirklichen, während ich die Scherben des ersten im Rucksack mit mir zurückbrachte.

Waren es wirklich schon zwölf Jahre her?

Wir hatten einen Termin im Restaurant meines Hotels am Bahnhof ausgemacht, die Frau von der Bank und ich. Das Treffen hatte mir eine Deborah Stöcklin per Mail bestätigt. Es ging dabei um den Kredit, den ich für mein neues Leben unbedingt brauchte. Dementsprechend war ich aufgeregt. Nichts hätte mich aber mehr überraschen können als der Mann, der die Tür zum Restaurant aufstieß, und mir schief lächelnd entgegenkam.

Marco war älter geworden und Sport war wohl nicht mehr sein Hobby, wenn man seine Silhouette betrachtete. Die Haare hatten ihm eine große Stirn freigelegt und die Farbe seines Hemdes ließ ihn blass wirken.

Er blickte sich verstohlen um, als wäre ihm nicht sonderlich wohl hier zu sein. Als er näher kam, sah ich Schweißtropfen auf seiner Stirn.

»Hallo, Vivi«, sagte er. Erinnerungen überrollten mich wie die Brandung eines Ozeans eine leere Flasche. Mein Magen verkrampfte sich, und ich spürte, wie ich errötete. So hatte man mich seit Jahren nicht mehr genannt.

»Hast du schon etwas bestellt?«, fragte er vorsichtig und sah sich dabei unauffällig um. Außer mir saß nur ein anderer Mann im Lokal.

Marco lächelte verlegen. »Sonst kenne ich einen weitaus angenehmeren Ort.«

Ich blickte zum Mann hinüber, der so tat, als hätte er sich in die Zeitung vertieft, blickte kurz zur kaugummikauenden und gelangweilt wirkenden Bedienung hinüber, die auf ihrem Handy herumtippte. Nun ja, ich hatte zwar keine Ahnung, weshalb er so angespannt wirkte, nickte aber brav und stand auf. Marco hielt mir die Tür auf und wir verließen gemeinsam das Lokal. Ich sah, wie er aufatmete, als wir schließlich auf dem Gehsteig standen. Gleich gegenüber, auf der anderen Seite des Verkehrskreisels, befanden sich die Räume von Marcos Bank, und ich fragte mich, ob es nicht einfacher gewesen wäre, uns in seinem Büro zu treffen. Er musste meinem Blick gefolgt sein.

»Ich ... ist lange her.« Er musterte mich. Als ich ihm jedoch in die Augen blickte, sah er weg.

»Ja, zwölf Jahre.«

Er nickte. »Es gibt da ein kleines Café im Zentrum.«

»Klingt gut.«

Er führte mich durch den Nebel die Hauptstraße entlang in Richtung Kirche.

»Ich ...« Er nahm das Gespräch wieder auf, »freue mich, dass du wieder da bist.«

»Danke. Schön dich zu sehen. Wie geht es dir?«

Er schenkte mir ein Lächeln und versteckte seine Hände in den Hosentaschen seines Anzuges.

»Gut«, sagte er dann. Ich fragte mich, ob ich ihm glauben konnte. Sein ganzes Verhalten wirkte aufgesetzt und fremdartig. Aber vielleicht war es auch die Zeit, die er zwischen uns spürte. Zwölf Jahre, eine halbe Ewigkeit.

Ich blieb stehen. »Was ist los, Marco?«

Er hielt an, drehte sich zu mir um.

»Ich erklär dir alles bei einem Kaffee. Hier ist nicht der richtige Ort, um darüber zu sprechen.«

Ich kannte die Worte. Es waren in meiner Erinnerung dieselben, die er benutzt hatte, als ich noch verliebt und er es bereits nicht mehr gewesen war. Mein Magen verkrampfte sich erneut. Für einen kurzen Augenblick sah ich den Marco von dazumal.

»Ist etwas mit dem Kredit nicht in Ordnung? Ich habe die letzten Papiere doch eingereicht ...«

»Das ist es nicht. Komm.«

Entschieden nahm er mich beim Arm, den ich in einer ruckartigen Bewegung wieder befreite.

Das Ganze wurde immer seltsamer. Wir gingen an meinem zukünftigen Buchcafé vorbei, das im Nebel dunkler und verlassener wirkte denn je. Keine Spur von Räumungsarbeiten. Mir wurde es schwer ums Herz. Zum Glück war es nicht weit bis zu diesem neuen Einkaufs-zentrum, das vor zwölf Jahren noch nicht existiert hatte. Nachdem er uns an der Theke des kleinen Kiosk Kaffee besorgt hatte, setzte er sich mir gegenüber.

»Vi ... ich möchte mich bei dir entschuldigen.«

»Entschuldigen? Wofür denn?«

»Für damals.« Es fiel ihm sichtlich nicht leicht, diese Worte auszusprechen. Verdutzt wartete ich.

»Ich hätte dich damals nicht so sitzen lassen dürfen.«

Daher wehte also der Wind.

»Ich habe es jeden Tag bereut, weißt du.«

Nein, das wusste ich nicht. Seine unbeholfene Art wirkte fast komisch. Noch ein Satz und ich würde nach den versteckten Kameras suchen.

»Aber du bist verheiratet, oder nicht?« Ich deutete auf den Ring an seinem Finger. Er nickte.

»Ja. Verheiratet.«

»Kinder?«

Er lächelte matt, gab mir jedoch keine Antwort. Ich musste einen wunden Punkt erwischt haben. Etwas verloren blickte ich mich um. Der Kiosk war gut besucht. Aber zum Glück erkannte ich niemand anderen aus meinem ehemaligen Leben.

»Was willst du mir sagen?« Ich lehnte mich nach vorne, was zur Folge hatte, dass Marco zurückwich.

»Dass es mir leidtut ... nur das.«

»Das ist nett von dir. Danke. Ich weiß das zu schätzen.«

»Aber du hast dir dieses Treffen sicher anders vorgestellt.« Er rührte in seinem Kaffee herum.

»Ich wusste gar nicht, dass du es bist, den ich heute treffen werde. Eigentlich habe ich eine Frau Stöcklin erwartet.«

Er nickte. »Als ich deine Unterlagen sah, wollte ich mich selbst darum kümmern.«

»Gut. Wenn wir schon beim Thema sind. Wie steht es denn jetzt?«

Er seufzte, legte beide Arme auf den Tisch. Ich spürte die Unruhe, die von ihm ausging.

»Da gibt es ein kleines Problem ...«

Mir stockte das Herz.

»Was für ein Problem?«

»Ich habe alles noch einmal durchgerechnet und wir können dir den Kredit nicht geben.«

»Was?«

Ich starrte ihn mit großen Augen an. Das konnte nicht sein.

»Warum nicht?«

Er wich meinem Blick aus.

»Es gibt da interne Weisungen. Du verstehst das sicher. Du bist kürzlich geschieden worden, hast während den letzten Jahren nur Teilzeit gearbeitet ...«

Ich konnte es nicht fassen.

»Marco, sei ehrlich zu mir.«

Er gab sich einen Ruck, richtete sich auf. »Wir reden über eine viel zu hohe Summe.«

Jetzt war es raus. Ich überlegte fieberhaft.

»Gibt es denn keine Möglichkeit?«

Er sah sich verstohlen um.

»Darüber habe ich nachgedacht. Es gibt Optionen. Aber ich weiß nicht, ob sie dir zusagen werden.«

»Mach's nicht so spannend.«

»Eine Möglichkeit wäre, dass wir die Summe des Kredits verkleinern und die Vertragslaufzeit verlängern ...«

»Aber ich brauche dieses Geld, um mein Buchcafé in drei Wochen zu eröffnen«, unterbrach ich ihn. »Bisher hat niemand irgendetwas gesagt, dass ich den Kredit nicht erhalten könnte ... oh!«

Plötzlich erinnerte ich mich daran, dass ich die letzten drei Wochen damit verbracht hatte, der Bank zusätzliche Dokumente und Formulare zuzustellen. Jedes Mal, wenn ich eines einreichte, fragte man mich nach dem nächsten. War das der Grund dafür gewesen?

»Wie soll ich das ohne diesen Kredit schaffen?« Marco lächelte schwach. Er blickte sich noch einmal um, lehnte sich über den Tisch.

»Ich war ja auch noch nicht fertig. Wir senken den Betrag des Kredites und verlängern die Vertragsdauer. Das ist kein Problem.«

»Und?«

»Den Rest finanziere ich.«

Mir blieben die Worte weg.

»Was meinst du damit, die finanzierst du?«

»Ich leihe dir die benötigte Summe.«

»Und wie muss ich mir das vorstellen?«

»So wie ich es dir sage.«

»Du gibst mir das Geld?«

Er nickte. In meinem Kopf arbeitete es fieberhaft.

»Und wieso solltest du das tun?«

Er schwieg einen kurzen Augenblick, blickte auf seine Hände. »Sagen wir es einmal so ... ich habe in meinem Leben viele Fehler gemacht. Es würde mir helfen, mit der Vergangenheit abzuschließen.«

Jetzt verstand ich gar nichts mehr.

»Wie das?«

Er presste die Lippen aufeinander, erwiderte aber nichts.

»Woher kommt das Geld?«, hakte ich nach.

»Aus einem Fonds.«

»Was für einem Fonds?«

»Es ist alles, was ich dir anbieten kann.«

»Und wie zahle ich dir das zurück?«

»Irgendwann. Zuerst richtest du dich ein und alles und dann sehen wir weiter.«

»Aber ...« Ich verstand die Welt nicht mehr.

»Du tust mir einen großen Gefallen, wenn du das akzeptieren würdest.«

Mir kam das Ganze seltsam vor. Natürlich kannte ich Marco aus meiner Jugendzeit und seinem Verhalten nach zu urteilen, hatte er sich nicht wirklich geändert. Aber wir sprachen über eine fünfstellige Summe.

»Ich muss mir das überlegen.«

Er nickte, fischte eine Visitenkarte aus seiner Innentasche und legte sie neben meinen Kaffee.

»Das bleibt unter uns, ja?« Marco stand auf. Er schien plötzlich unsicher, ob er das Richtige getan hatte. Ich nickte stumm.

»Schön, dass du wieder da bist«, fügte er hinzu.

Durch die großen Fenster des Kioskes sah ich ihm zu, wie er den Zebrastreifen in Richtung Bahnhof überquerte und im Nebel verschwand.

KAPITEL 3

Von diesem eigentümlichen Gespräch mit Marco musste ich mich erst einmal erholen. In meinem Kopf ordnete ich die Sachen nach Wichtigkeit.

Seit meiner Ankunft lief alles irgendwie aus dem Ruder. Also, meine neue Wohnung sollte bezugsbereit sein, war sie aber am Freitag nicht. Der Laden sah immer noch aus wie eine Baustelle. Den Kredit würde ich in dieser Form nicht erhalten, da ich geschieden bin und die letzten Jahre nicht wirklich gearbeitet habe. Was konnte da noch falsch laufen? Ich dachte an den kleinen Laster mit meinem Hab und Gut, der zu dieser Zeit sicher schon unterwegs war, und hoffte inbrünstig, dass er heil ankam. In einigen Stunden würde ich es wissen.

Ich hatte einen Termin in meiner neuen Wohnung um vierzehn Uhr. Und da war noch

Hemingway. Wie um das zu bestätigen, vibrierte das Handy in meiner Tasche. Ich kramte danach. WhatsApp. Meine Mutter. Hemingway auf ihrer Couch. Der Hund davor auf dem Boden. Ganz plötzlich fühlte ich mich wirklich einsam. Langsam schritt ich die Hauptstraße entlang zurück in Richtung Bahnhof.

Es würde schon alles gut werden. Irgendwie. Irgendwie ging es ja immer. Und manchmal sind die Dinge, die wir nicht ändern können, genau diejenigen, die uns ändern werden. Was meine Ostschweizer Traumbeziehung schließlich auch beendet hatte. Kein gutes Beispiel eigentlich.

Der Nebel war nun weniger dicht. Er fühlte sich an, wie tief hängende Wolken. Ich kam am Autohändler vorbei, dann konnte ich einen Blick in den Park werfen, der an der verkehrsreichen Hauptstraße inmitten des Dorfes lag. Einen Augenblick spielte ich mit der Idee, den Gehsteig zu verlassen und die Allee entlang zu schlendern, ließ es aber dann sein.

Angrenzend befanden sich eine Tankstelle und ein Supermarkt. Das würde jetzt also mein neues Zuhause sein. Mein Blick schweifte zur anderen Straßenseite hinüber, wo zwei Busse auf dem Bahnhofplatz standen. Zwei Fahrer in Uniform rauchten und redeten zusammen.

Ein Zug fuhr vorbei.

Und gleich daneben eine Bank. In meinen Gedanken tauchte Marco wieder auf. Verheiratet, vielleicht Kinder. Ich hätte jetzt an seiner Seite sein können, wäre das mit uns nicht in die Brüche gegangen. Ich schauderte. Wusste seine Frau davon, dass ich zurückgekommen war?

War das wirklich wichtig?

Mein Handy vibrierte in meiner Hand. Schon wieder ein Foto? Es vibrierte erneut. Jemand rief mich an. Die Nummer war mir unbekannt.

»Hallo?«, meldete ich mich.

»Hallo, hier ist Stefanie vom Immobilienbüro.«

»Oh, hallo.«

»Haben Sie kurz Zeit?«

»Ja, aber nur für gute Nachrichten. Von den anderen hatte ich bereits genug.«

Ich hörte sie lachen und das tat gut.

»Nun ja ... sind ja auch gute Nachrichten. Haben Sie die Möglichkeit, bereits jetzt zur Wohnung zu kommen?«

Überlegen musste ich da nicht wirklich.

»Natürlich.«

»Gut, wir warten auf Sie.«

Ich atmete auf, während ich das Handy in meine Tasche verstaute.

Minuten später stand ich im Flur meiner neuen Wohnung. Diesmal war sie leer. Es roch nach Putzmittel mit Zitronenduft. Die Spuren an den Wänden versuchte ich, so gut es ging, auszublenden. Der Vormieter stand in der Küche und kratzte sich am Kopf. Auf der Spüle eine Ansammlung von Schlüsseln und Verträgen.

»Schön, dass Sie so schnell kommen konnten«, begrüßte mich Stefanie. »Ich habe bereits den Rundgang gemacht und mir einiges aufgeschrieben.«

Die darauf folgende Viertelstunde verbrachten wir damit, die einzelnen Räume abzugehen. Schließlich unterschrieben wir das Übergabeprotokoll und ich durfte zum ersten Mal meinen Wohnungsschlüssel in der Hand halten. Die Anspannung fiel von mir, wie ein überreifer Apfel von einem Baum.

Ich schloss die Tür hinter den beiden und ging durch die leeren Räume. Jedem Anfang wohnt eine Freude inne. Aber erst jetzt wurde ich mir dessen bewusst. Ich schlenderte durch die längliche Küche, die durch eine Wand vom Wohnbereich getrennt war, erreichte das

Wohnzimmer, ließ meinen Blick über den großzügigen Balkon schweifen. Ganz in meine Gefühle versunken trat ich ins Badezimmer, mit der Wanne. Das Licht über dem Spiegel sprang an und wieder aus. Im Schlafzimmer blieb ich stehen. Natürlich musste ich die Wände auffrischen, sah die eine auch bereits in Lila, der Farbe der Könige.

Aber das hatte plötzlich Zeit.

Als Erstes musste ich mein Hotelzimmer räumen. Mit Schwung schloss ich die Wohnung hinter mir ab. Weit war es ja nicht bis zum Bahnhof.

Schnell füllte ich meine beiden Koffer und stand kurz darauf am Empfang.

Die Angestellte blickte kurz von mir zu meinen Koffern und zurück.

»Sie wollen schon gehen?«

Ich nickte knapp.

»Hat es Ihnen bei uns denn nicht gefallen?«

Die hatte vielleicht Nerven.

»Es geht doch um Ihren Einsatzplan.«

»Welchen Einsatzplan?«

»Ich möchte die Organisation der Putzfrauen ja nicht unnötig belasten.« Diese Bemerkung konnte ich mir nicht verkneifen. Sie starrte mich an, als wäre ich E.T., der eben sein Fahrrad mit hereingebracht hatte. Ich winkte ab.

»Können Sie mir die Rechnung fürs Zimmer geben?«, fragte ich sie und legte den Zimmerschlüssel auf die Theke.

»Oh, ja ... natürlich.«

Während sie am Bildschirm arbeitete, blickte ich auf mein Handy. Ich musste mich noch wegen des Kredites entscheiden. Bei dem Gedanken krampfte sich mein Magen wieder zusammen. Ich konnte das Angebot nicht akzeptieren. Alles in mir sträubte sich dagegen. Andererseits hatte ich Angst, gar keinen Kredit mehr zu erhalten, sollte ich Marco vor den Kopf stoßen. Ich fühlte in meiner Jackentasche nach der Visitenkarte, als der Printer hinter der Theke zu rattern begann.

»So, hier ist Ihre Quittung.« Sie lächelte mir zu.

Ich warf einen kurzen Blick darauf. Sie hatte den ganzen heutigen Tag dazugezählt.

»Aber ich habe das Zimmer doch jetzt frei gegeben, wieso sollte ich den ganzen Tag bezahlen?«

»Ich kann nichts dafür. Das sind unsere Richtlinien. Die Zimmer müssen bis zehn Uhr freigeräumt sein, ansonsten belasten wir den ganzen Tag.« Während sie sprach, holte sie einen Flyer unter dem Tresen hervor, den sie mir auf die Theke legte. »Steht alles hier in den AGBs drin.«

Ich nahm die Rechnung, ließ den Flyer, wo er war. Das zu diskutieren, war mir zuwider. Mein neues Leben wartete.

»Eine gute Reise«, hörte ich die Angestellte mir hinterherrufen, als ich das Gebäude verließ.

KAPITEL 4

Meine zwei Koffer sahen in den leeren
Räumen etwas einsam aus. Wenigstens konnte
ich mich auf einen von ihnen setzen. Nachdem
ich vergeblich versucht hatte, Marco zu
erreichen, schrieb ich meiner Mutter eine
Nachricht. Ihre Antwort kam so prompt wie
vorhersehbar. Und natürlich mit Bild. Sie fragte
sich, ob sie nicht kommen sollte. Ich lehnte
dankend ab und fügte ein Smiley hinzu. Alles
wäre unter Kontrolle und es war ja nicht so, dass
ich mein ganzes Zeugs selbst in die neue
Wohnung schleppen musste. Ich wollte so viel
wie möglich auspacken, bevor ich zum ersten
Mal in meiner neuen Wohnung schlafen würde.

Als der Umzugswagen vor dem Eingang hielt,
hüpfte ich innerlich vor Freude. Nun konnte es
endlich losgehen! Meine Wohnung, meine
Möbel, mein neues Leben. Beschwingt machte

ich die Wohnungstür auf und wartete auf die ersten Kartons. Die beiden Männer, die sich darum bemühten, meine Sachen ins erste Stockwerk zu tragen, gratulierten mir zur Wohnung. Ich gab ihnen Anweisungen, wo was hingestellt werden sollte, und während sie wieder nach unten gingen, fing ich an, den ersten Karton zu entpacken, wickelte Gläser aus Zeitungspapier und stellte sie an ihren neuen Platz. Ich hörte, wie jemand die Wohnung betrat, warf einen kurzen Blick in den Eingangsbereich, wo der dritte Mitarbeiter eben zwei große, palmenähnliche Pflanzen abstellen wollte. Ich zeigte ihm, wo ich sie haben wollte.

Alles lief nach Plan und weitaus besser, als ich es erwartet hatte. Mein Handy meldete sich aus dem Wohnzimmer. Es war eine Nachricht von Marco. Er wollte mich am späteren Nachmittag noch einmal treffen. Ich runzelte die Stirn. Die Einladung kam mir komisch vor. Hinter mir erklangen Schritte. Die Couch. Als die Umzugsleute wieder auf dem Weg nach unten waren, schrieb ich kurz zurück. Wieder betrat der kleinere der drei Männer die Wohnung. Er schob einen Rollwagen mit den ersten Bücherkartons vor sich her. Der Turm war größer als er selbst.

»*Überragende Literatur*«, fuhr es mir durch den Kopf, während ich ihm einen Abstellplatz zuwies. Ich hörte die Tür des Aufzugs aufgehen, machte mich an den nächsten Karton. Hinter mir trat wieder jemand in die Wohnung.

»Einfach hinstellen«, rief ich über die Schulter, ganz damit beschäftigt, die ersten Bücher herauszunehmen. Als sich jemand in meinem Rücken räusperte, hielt ich inne und drehte mich um. Vor lauter Überraschung hätte ich beinahe die Hardcover in meiner Hand fallen lassen.

Er war groß gewachsen mit hellen Augen, roten Haaren und dem breitesten Grinsen, das ich je gesehen hatte. Einen kurzen Augenblick blickte ich ihn einfach nur an.

»Oh ... Tschuldigung ... wollte dich nicht erschrecken ... ich ...«

Im Treppenhaus gingen abermals die Aufzugtüren auf.

»Vivi ... die Verstärkung ist da!«, hörte ich eine mir wohlbekannte Stimme. Und schon stand meine Mutter in der Tür, in der einen Hand hielt sie so viele vollgestopfte Plastiktüten, dass ich nicht wusste, wie sie das ganze Gewicht tragen konnte. In der anderen Hand den Katzenkorb. Sie atmete schwer, obschon sie nicht die Treppe hochgestiegen war. »*Miaaaaaaaau!*«, beklagte sich Hemingway lautstark und kratzte an der Tür des Korbes. Als meine Mutter den Mann in meinem Eingang sah, blieb sie prompt stehen.

»Aber hallo, junger Mann!«

»Also ... ich ...« Er blickte von mir zu meiner Mutter und zurück. Ich spürte, wie ich errötete.

»Ich bin die Bärbel. Also eigentlich Barbara«, stellte sie sich vor. Bevor er antworten konnte, erschienen hinter meiner Mutter zwei Männer des Umzugsunternehmens mit Teilen meines Schlafzimmers. Meine Mutter blickte über die Schulter: »Oh, da sind Sie ja! Könnten Sie mir meine Koffer nach oben bringen? In meinem Alter, wissen Sie ...« Die Männer sahen sich verdutzt an.

Ihre Koffer?

»Mum ...« Sie winkte ab, blieb aber dort stehen, wo sie war: Mitten in der Tür.

»Nun ... ich wollte nur sehen, ob du Hilfe brauchst. Ich wohne nebenan. Aber ich sehe ...«

Er blickte zu meiner Mutter, dann zu den Packern dahinter.

»Ist vielleicht der falsche Zeitpunkt ...« Meine Mutter blickte von ihm zu mir. Die Männer hinter ihr wurden ungeduldig. Ich hörte, wie der eine von ihnen schließlich eine Schranktür neben dem Wohnungseingang an die Wand stellte und wieder die Treppe nahm. Der andere jedoch räusperte sich.

»Tschuldigung, gute Frau ... könnte ich?«

»Nur nicht so hastig, gute Seele! Hat man denn hier keine Zeit, Bekanntschaft zu machen?«

Mit beachtlichem Seufzer zwängte sie sich, ihre Taschen und den Korb an meinem Nachbarn vorbei, nahm dabei gleich zwei Kartons mit, die zu Boden gingen und aufplatzten.

»Also wirklich ...«, brummelte sie vor sich hin und stellte die Tüten mitten in den Durchgang. Der Mann ignorierte sie und hievte die Schranktür in den Raum, der mir als Schlafzimmer dienen sollte. Schon stand der nächste Mann im Türrahmen mit kleineren Pflanzen.

»Wo wollen Sie die haben?«, fragte er. Mein Nachbar war dabei, die Bücher aufzulesen, die sich in den kaputten Kisten befunden hatten.

Und ich stand immer noch da wie bestellt und nicht abgeholt. Ein Aschenputtel mit beiden Schuhen.

»Wo soll ich sie hinlegen?«

Seine Stimme klang sanft, als würde ihn das ganze Chaos um mich herum nicht aus der Ruhe bringen.

»Oh ...«, sagte ich.

»Legen Sie sie hier rüber zu den anderen«, sagte meine Mutter. »Und die Pflanzen zu den anderen dort drüben.«

»Nun denn ...« Der Rothaarige verabschiedete sich und blickte mich an.

»Ich ... danke«, brachte ich über die Lippen.

Er nickte und verließ die Wohnung, als die beiden anderen Männer mit dem Bett hereinkamen.

»Wieso bist du hier?«, fragte ich meine Mutter.

»Was für ein Empfang! Mach dir mal keinen Kopf. Auch ich freue mich, dich zu sehen. Wer war denn der Hübsche? Willst du mir etwas sagen?«

»Wieso bist du gekommen?« Ich war genervt. Sie seufzte.

»Um dir zu helfen, natürlich.«

»Aber ich habe doch gesagt ...«

»Ich hab Essen dabei!«, unterbrach sie mich und begann mitten im Wohnzimmer ihre Tüten auszupacken.

»Halt, Mutter. Nimm die Sachen in die Küche, bitte.«

Sie blickte mich kurz an, als wollte sie mir einen Vorwurf machen, nickte aber dann. Ich ließ die Bücher Bücher sein und ging neben Hemingway in die Hocke. Durch die Stäbe des Korbes kraulte ich ihn, so gut es eben ging. Er fing sofort zu schnurren an und rieb sich an meinen Fingern.

Gott, hatte ich ihn vermisst.

»Wer war denn nun dieser gutaussehende Mann eben?«, hörte ich meine Mutter aus der Küche. Ich seufzte, stand auf und ging zu ihr hinüber.

»Ich hatte noch nicht die Möglichkeit, mich vorzustellen, da bist du bereits hereingestürmt.«

»Du kannst mir so viele Vorwürfe machen, wie du willst. Heute ist ein Tag zum Feiern und nichts kann mir die gute Laune verderben«, sagte sie und holte eine Flasche Rotwein aus einer der Tüten. Zwei Rotweingläser folgten.

»Aber ich habe doch Weingläser.«

»Kann sein. Aber sicher ist sicher.«

Ich verdrehte die Augen und ging ins Wohnzimmer zurück. Im Schlafzimmer hörte ich es hämmern. Ein elektrischer Schrauben-zieher wurde eingesteckt. Die erste Bibliothek war schon da, die zweite wurde hereingetragen.

Der kleinere der drei Männer brachte die ersten Bilder.

Ich warf einen Blick auf mein Handy. Marco hatte nicht geantwortet.

»Wo wollen Sie den Schrank denn?« Der Packer stand im Durchgang zum Zimmer.

»Wo soll ich das abstellen?« Der andere stand schwer beladen im Eingang.

Miaaaaaaau!, beklagte sich Hemingway noch mal lautstark und meine Mutter streckte den Kopf aus dem Küchenbereich.

»Wo ist denn die Kaffeemaschine?«

Tja und ich, ich stand inmitten meines neuen chaotischen Lebens und tröstete mich mit dem Gedanken, dass alles auf dieser Welt vorbeigeht.

Irgendwie. Irgendwann.

KAPITEL 5

»So, das wären die letzten Kisten gewesen.«
Der Mann schwitzte in seiner blauen Latzhose.
Ich konnte es ihm nicht verübeln.

»Vielen Dank. Ich hole schnell das Geld.«

Er nickte und blieb im Eingang stehen,
während seine beiden Kollegen die letzten Reste
Verpackungsmaterial aus der Wohnung
brachten. Sie hatten die Möbel alle wieder
aufgebaut und dafür war ich ihnen dankbar. Als
ich in meine Küche trat, traf mich fast der
Schlag. Der Inhalt sämtlicher Tüten, die meine
Mutter mitgebracht hatte, war im gesamten
Bereich ausgebreitet worden. Sie stand in ihr
Handy vertieft am Herd. Ich fragte mich, ob ich
etwas übersehen hatte. Der Vorrat reichte
mindestens für drei Wochen. Soviel zu meiner
Sorge, noch einkaufen gehen zu müssen. In
einer Ecke standen zwei gelbe Rollkoffer. Ich

ignorierte den plötzlichen Gedanken, meine Mutter könnte bei mir einziehen und nahm meine Umhängetasche an mich. Darin befand sich das abgezählte Geld in einem Umschlag. Ich fügte noch ein, wie ich fand, großzügiges Trinkgeld aus meiner Brieftasche hinzu, und gab es dem Mitarbeiter der Umzugsfirma, der sich bedankte. Zum ersten Mal an diesem Nachmittag konnte ich die Eingangstür schließen.

Hemingway kratzte am Korb, in dem er immer noch sass. »Bin ja schon da!«, rief ich ihm zu und entließ ihn aus seiner Freiheitsstrafe. Er strich mir kurz um die Beine und liess sich kraulen. Wie hatte ich sein Schnurren vermisst! Noch einmal strich er mir mit seinem Kopf am Bein entlang und dann war er auch schon auf Erkundungstour.

»Hast du Hunger?«, hörte ich die Stimme meiner Mutter aus der Küche.

Hatte ich das?

»Nein, aber einen Kaffee könnte ich gut gebrauchen.«

»Wo ist denn nun die Kaffeemaschine?«

Ich blickte mich nach der Kiste um, in die ich sie eingepackt hatte. Mein Blick fiel auf mein Handy. Ohne meiner Mutter zu antworten nahm ich es an mich und sah nach. Meine Nachricht hatte Marco erhalten, sie jedoch noch nicht gelesen. Komisch. Erneut las ich seine Botschaft:

Ich muss mit dir reden. Am besten noch heute. 16.30 Uhr auf dem Parkplatz der reformierten Kirche.

Es war kurz vor vier Uhr. Warum wollte er mich sehen? Wieso auf einem Parkplatz? Woher hatte er meine Telefonnummer? Aber natürlich, er arbeitete ja auf der Bank, vor der ich mich hatte administrativ nackt ausziehen müssen, um einen Kreditantrag stellen zu können. Es war für ihn ein Einfaches gewesen, an meine Telefonnummer heranzukommen.

Da er nicht geantwortet hatte, fühlte ich mich fast verpflichtet, ihn zu treffen. Und wenn es wichtig war, sowieso. Aber ein Problem hatte ich dabei noch: Wie wollte ich das meiner Mutter erklären?

Ein gutaussehender Rothaariger stand in meiner Wohnung, als sie aufkreuzte und nun hatte ich ein Rendezvous mit einem Ex-Freund und das nicht einmal einen Monat nach der offiziellen Scheidung.

Ich seufzte, während ich die Kaffeemaschine aus ihrer Kiste barg, das Handy darauf legte und mit beidem in die Küche ging. Meine

Mutter ass ein Sandwich.

»Ich habe Kapseln mitgebracht.« Sie deutete auf die überfüllte Küchenzeile. Ich räumte den Ort frei, an dem ich die Maschine anschließen wollte.

»Zum Glück. Ich weiß nämlich gerade nicht, wo meine sind.«

»Wer war denn der Schönling in deinem Eingang?«

»Ich weiß es nicht ...«

»Du weißt es nicht?« Sie zwinkerte mir zu und nahm einen weiteren Bissen.

»Nein ... wirklich nicht. Er stand plötzlich da ...«

»Plötschlech da ... schoo scho ...«

»Mutter. Alles gut, ja?«

Ich füllte den Wasserbehälter und setzte die Maschine in Gang.

»Ich muss nachher noch einmal raus.«

»Aha, wieso denn?«

Ich biss mir auf die Lippen.

»Es geht um den Kredit, den ich beantragt habe. Irgendetwas scheint nicht gut zu sein.«

Sie sah mich lange genug an, um zu wissen, dass sie mir nicht glaubte.

»Ich komme mit.«

»Nein!« Meine Antwort kam zu schnell. Sie

hob eine Augenbraue und vergaß weiter zu kauen.

»Ich meine ... nein«, sagte ich sanfter. »Schau, ich habe dir geschrieben, dass ich alles im Griff habe. Aber schlussendlich bin ich irgendwie froh, dass du da bist.« Und das stimmte sogar.

Ihr Gesicht entspannte sich. Sie biss sogar erneut in ihr Sandwich. Ich nahm zwei Tassen aus dem Schrank.

»Um den Kredit kümmere ich mich allein, ok?«

»Wie du meinst.«

Das klang beleidigt. Ich konnte und wollte da aber nichts mehr hinzufügen.

»Bin auch gleich wieder zurück.«

Ich liess den ersten Kaffee heraus. Dann schlüpfte ich in meinen Mantel, nahm meine Tasche an mich und griff nach dem Schlüsselbund.

Von Hemingway natürlich keine Spur. Der hatte sich sicher unter dem Bett versteckt. Aber nachsehen wollte ich jetzt nicht.

Ich nahm die Treppe und noch bevor ich das Haus verließ, hatte ich den Ort gegoogelt, wo Marco auf mich warten wollte.

Weit war es nicht.

Obschon der Abend bereits hereinbrach, tat

die frische Luft gut. Erst jetzt, wo ich allein war, merkte ich, wie müde der Tag mich gemacht hatte. So viel war geschehen und ich war stolz, den Überblick behalten zu haben. Nun ja, grob gesehen.

Meine Gedanken kreisten erneut um Marco und seine mögliche finanzielle Hilfe. Was konnte ich ihm sagen? Wie argumentieren? Vielleicht war es das Beste, ihm reinen Wein einzuschenken und ihm zu gestehen, dass ich die Hilfe nicht annehmen konnte, den Kredit mit vermindertem Startkapital aber schon. Soweit war ich als Rechterhand, nach zwei großen Feldern, eine Reihe Bäume auftauchte. Der Parkplatz lag gleich dahinter. Beim Näherkommen konnte ich einen kleinen Lieferwagen ausmachen und gleich daneben, etwas verdeckt, einen dunklen Personenwagen. Das musste Marcos Fahrzeug sein. Jemand sass jedenfalls hinter dem Steuer. Einige Stufen führten zum Parkplatz hinauf. Marco machte keine Anstalten auszusteigen. Auch sonst bewegte er sich nicht. Mir stellten sich plötzlich die Nackenhaare auf. Vorsichtig näherte ich mich von der Fahrerseite her. Das Fenster war heruntergelassen. Bei dieser Kälte? Jetzt konnte ich Marco erkennen. Sein Kopf lag im Nacken, sein Mund offen, als schliefe er. Seine Haut war unnatürlich gerötet und er hatte seine Krawatte gelockert, den ersten Knopf seines Hemdes geöffnet.

»Marco?«

Keine Reaktion. Ich trat näher und berührte seine Schulter. Erst jetzt sah ich die offenen Augen, die zur Decke starrten, die Pupillen unwirklich groß. Dann rollte sein Kopf zur Seite. Sein ganzer Oberkörper fiel in sich zusammen. Vor Schreck machte ich zwei Schritte rückwärts und wäre dabei fast gestolpert.

Mein Blick irrte panisch umher. Niemand war zu sehen. Obschon mein Herz raste, nahm ich allen Mut zusammen und näherte mich ein zweites Mal.

War er ...?

Ich holte tief Luft, stützte meine eine Hand am Wagen ab, lehnte mich soweit ich konnte in den Wagen hinein, und versuchte, seine Halsschlagader zu erreichen. Sein Hals fühlte sich warm an. Aber einen Puls konnte ich nicht spüren. Er schien nicht mehr zu atmen. Sicher war ich mir dabei aber nicht. Sein Handy lag auf dem Beifahrersitz. Ein offener Flachmann auf dem Boden.

»*Er ist tot*«, fuhr es mir durch den Kopf. Der

Gedanke liess mich in panischer Angst erstarren. Als würde mir die Luft weggenommen.

»*Atme*«, ermahnte ich mich. »*Langsam. Atme.*«

Tränen kamen hoch. Ich stützte meine beiden Arme an der Fahrertür ab und versuchte tief durchzuatmen. Mir war plötzlich schwindlig. Und kalt. Ich blickte auf meine zitternden Hände. Dunkle Flecken an meinen Fingern. Vorsichtig roch ich daran. Alkohol. Whisky? Mit einer bitteren Note. Angeekelt schüttelte ich die Hand, als könnte ich mich dadurch davon befreien.

Das Geräusch eines Autos, das auf den mit Kiesel bedeckten Parkplatz fuhr, liess mich hochblicken. Die Scheinwerfer erfassten mich und Marcos Wagen. Einen Augenblick sah ich nichts. Ich trat einen Schritt zurück und erkannte die Lichter auf dem Wagendach erst als der Streifenwagen nur wenige Meter von mir entfernt zum Stehen kam.

KAPITEL 6

Die beiden Türen gingen auf. Ein Mann und eine Frau in Uniform stiegen aus.

»Bleiben Sie, wo Sie sind!«, rief mir die Polizistin zu. Es war ein Befehl. Langsam näherten sie sich mir aus zwei verschiedenen Richtungen. Beide hatten eine Hand auf dem Holster ihrer Pistolen gelegt. Ich war außerstande, etwas zu sagen. Der Mann hatte das Fahrzeug erreicht und leuchtete mit einer Stablampe hinein. Die Frau blieb zwei Schritte vor mir stehen.

»Können Sie mich verstehen? Sprechen Sie meine Sprache?«, fragte sie. In diesem Augenblick gaben meine Beine unter mir nach. Bevor mir schwarz vor den Augen wurde, sah ich die Polizistin auf mich zustürzen. Ich spürte ihre kraftvollen Arme, die mich vor dem Sturz bewahren wollten.

Trotzdem fiel ich in ein dunkles Loch. Da war nichts mehr außer Stille. Mein Körper wurde bewegt. Ich hörte eine Sirene irgendwo.

Wieder Bewegung.

Das Gefühl, im Innern eines Fahrzeugs zu sein. Mein rechter Arm schmerzte. Ich zwang mich, meine Augen zu öffnen.

Ein Krankenwagen.

Ich lag in einem Krankenwagen. Ein Mann in Weiß drehte mir den Rücken zu. Überall Schläuche und Monitore. Zu meinen Füssen die offene Tür. In der Tür die Polizistin.

Mühsam richtete ich mich auf. Ich erhaschte einen Blick auf den Lieferwagen, bevor sich der Mann umdrehte.

»Vorsicht, Vorsicht!« Alles begann sich zu drehen.

Hinter der Ordnungshüterin dunkle Nacht. Und doch nicht. Ich konnte helle Lichter wahrnehmen und Menschen. Mein Blick suchte den dunklen Wagen. Marco. Der Name trieb mir Tränen in die Augen.

Der Mann fasste mich mit einer Hand an der Schulter, mit der anderen am Arm. Die Berührung ließ mich zu ihm hinblicken.

»Wie fühlen Sie sich?«

Der Mann vom Rettungsdienst musterte mich freundlich und drückte mich sanft zurück auf die Liege.

Ich fühlte mich zu erschöpft, um zu antworten.

»Nehmen Sie sich Zeit«, sagte er und holte aus einer Ecke ein Blutdruckgerät. Erst als er mir die Manschette am Oberarm festmachte, sah ich den Schlauch, der aus meinem Unterarm ragte.

Die Polizistin stieg zu. Sie hatte meine Tasche bei sich.

»Die haben Sie vergessen«, sagte sie. Lächelte sie etwa dabei?

Der Rettungssanitäter pumpte die Manschette auf.

»Ich weiß, dass es vielleicht nicht der richtige Zeitpunkt dafür ist«, fuhr die Polizistin mit einem kurzen Blick zum Mann vom Rettungsdienst fort, »aber ich muss Ihnen einige Fragen stellen.«

Ich nickte schwach, während die Luft aus der Manschette wieder entwich.

»Wie heißen Sie?« Sie entnahm ihrer Brusttasche einen kleinen Notizblock.

»Valerie ... Valerie Birbaum.« Meine Stimme krächzte, als hätte ich bei einem Raben Gesangsunterricht genommen.

Sie notierte den Namen.

»Wohnen Sie hier in der Nähe?«

Ich nickte. »Seit heute«, flüsterte ich.

Sie sah mich eingehend an, während der Sanitäter mir die Manschette wieder abnahm.

»Kannten Sie den Mann im Auto?«

Ich versuchte, mich wieder aufzurichten, was dazu führte, dass mir wieder schwindlig wurde. Seufzend ließ ich mich zurücksinken.

»Ich ... ist er ... ist er ... tot?«

Die Polizistin blickte kurz zum Pfleger hinüber, dann nickte sie. Ich schloss die Augen.

»Waren Sie es, die uns angerufen hat?«

»Angerufen?« Mit einem Mal war ich hellwach.

»Ja, deshalb sind wir hier.«

Ich schüttelte den Kopf. »Nein ... ich ...«

»Weshalb befanden Sie sich dann hier?«

»Er hat mir geschrieben.«

»Wer?«

»Marco.«

»Sie kannten ihn also?«

Ich nickte. »Wir haben uns heute Morgen erst getroffen.«

Sie notierte sich etwas in ihrem Büchlein.

»Weshalb haben Sie sich getroffen?«

»Ich ... ich brauche einen Kredit.«

»Einen Kredit? Arbeitete dieser Marco für eine Bank?«

Ich nickte.

»Was ist passiert?«

»Am frühen Nachmittag habe ich von Marco eine Nachricht erhalten. Er wollte mich hier treffen.«

»Haben Sie die Nachricht noch?«

Ich überlegte kurz. Mein Handy. Wo hatte ich es denn liegen lassen?

»Ich glaube schon.«

»Und dann?«

Der Sanitäter verließ den Krankenwagen und ließ uns allein.

»Ich kam hierher und fand ihn in seinem Wagen.«

»Können Sie das genauer erläutern?«

Ich versuchte, mich zu erinnern. Mein Gedächtnis ähnelte einer dunklen, klebrigen Masse. Einzelne Bilder kamen trotzdem zurück.

»Als schliefe er ...«

Sie nickte. »An was erkannten Sie das?«

»Sein Kopf war nach hinten geneigt, sein Mund ...« Es überkam mich eine tiefe Trauer. Mir war kalt. Bevor sie eine weitere Frage stellen konnte, stand plötzlich ihr Kollege an der Tür.

»Dani, kommst du mal bitte?«

Sie musterte mich kurz, steckte ihr Notizbuch weg und verließ schweigend den Wagen. Der Rettungssanitäter stieg wieder zu. Er warf einen prüfenden Blick auf die Monitore über mir.

»Alles gut?«, fragte er.

»Mir ist kalt«, flüsterte ich.

»Das ist normal. Sie haben einen Schock erlitten. Da darf man sich schwach fühlen.« Wieder kamen mir Tränen hoch, die ich tapfer schluckte. Er zauberte eine Decke hervor und legte sie über mich. »Es wird alles gut«, versprach er.

Und ich wollte ihm glauben.

KAPITEL 7

Es war kurz vor sieben, als mich die Polizisten zu meiner Wohnung zurückbegleiteten. Nachdem ich die Tür geöffnet hatte, kam mir meine aufgelöste Mutter entgegen. Sie hatte geweint und sich sicherlich große Sorgen gemacht. Als sie die Polizisten hinter mir sah, blieb ihr die Predigt im Hals stecken.

»Was ist denn passiert?« Sie wurde bleich und ich dachte einen Augenblick, sie würde in Ohnmacht fallen.

»Nur keine Angst. Ihr ist nichts passiert.« Dani versuchte, sie zu beruhigen.

»Aber ...?«

Ich wollte weder diskutieren, weshalb ich eine Militärdecke um mich gehüllt hatte, noch warum mein Make-up verschmiert war, und ging schweigend an ihr vorbei in die Küche. Mein Handy lag inmitten des Nahrungsvorrates meiner Mutter. Als ich es einschaltete, sah ich siebzehn Anrufe in Abwesenheit. Ich blickte zu meiner Mutter hinüber, die mir mit den Polizisten gefolgt war.

»Was? Ich machte mir Sorgen ...«, rechtfertigte sie sich.

Wie konnte ich ihr deswegen böse sein? Ich hatte das Gerät ja auf lautlos geschaltet. Ich öffnete die Applikation und gab Daniela mein Handy. Sie fotografierte den Bildschirm ab und reichte es mir zurück.

»Danke. Wir werden mit Sicherheit noch weitere Fragen haben.«

Ich nickte müde. Meine Mutter starrte bestürzt von mir zu den Beamten und zurück.

»Einen erholsamen Abend«, wünschte der Polizist und wandte sich zum Gehen.

Dani sah mich eingehend an. »Geben Sie sich Zeit. Sie stehen unter Schock. Morgen ist alles anders, ja?«

Ich blickte zu Boden.

»Falls Ihnen noch etwas einfallen sollte, können Sie mich unter dieser Nummer erreichen.« Sie streckte mir eine Visitenkarte entgegen. Dankbar nahm ich sie entgegen.

»Einen schönen Abend trotzdem.«

Mit diesen Worten folgte sie ihrem Kollegen. Ich hörte, wie die Eingangstür hinter ihnen ins Schloss fiel und fühlte mich so einsam und zerbrechlich wie noch nie. Ich würde Marcos Anblick nie mehr vergessen können.

»Kind, was ist denn passiert?«

Ich begann zu weinen. Meine Mutter machte zwei Schritte auf mich zu und nahm mich in die Arme. Zum zweiten Mal war ich froh, dass sie da war.

»Komm, wir setzen uns erst einmal.«

Langsam führte sie mich in den Wohnbereich und setzte mich aufs Sofa. Sofort war Hemingway da und sprang auf meinen Schoß.

»Möchtest du etwas trinken?«

Ich schüttelte den Kopf. Sie holte mir trotzdem ein Glas Wasser.

»Was ist denn passiert?«

»Ich ...« Wo konnte ich beginnen? Wo sollte ich anfangen? Schließlich berichtete ich ihr mit leiser Stimme von meinem Treffen mit Marco am Vormittag, seiner Nachricht und seinem Tod.

»Das ist ja schrecklich!«, entrüstete sie sich. »Du armes Ding.« Sie versuchte, mich wieder in ihren Arm zu nehmen. Diesmal wehrte ich mich dagegen.

»Er starb in seinem Wagen?«

Ich nickte schwach.

»Was für eine Welt!«

Einen Augenblick hörten wir nur das Schnurren von Hemingway auf meinem Schoß.

»Und dein Kredit?«

»Mutter!«

»Schon gut, schon gut«, murrte sie und stand auf. Ich hörte, wie sie in der Küche herum hantierte.

»Ich glaube, es ist besser, wenn ich bleibe.«

Ich hatte nicht die Kraft, ihr zu widersprechen, zumal ich irgendwie froh war, nicht allein zu sein. Als in der Küche eine Dose Katzenfutter aufgemacht wurde, sprang Hemingway zu Boden und verschwand.

Verräter!

»Ich werde mich in deinem Schlafzimmer sicher gut fühlen.« Ich verdrehte die Augen und entledigte mich der schweren Decke. Mein Blick fiel auf die großen Büchertürme am Boden. Es war an der Zeit mich etwas abzulenken. Meine Bücher warteten darauf, ihren Platz im Bücherregal wieder zu finden. Meine Mutter hatte in meiner Abwesenheit alle ausgepackt und keines befand sich mehr dort, wo ich dachte. Mit einem Seufzer ging ich auf die Knie und begann, sie so zu sortieren, wie sie in den

Kisten gelegen hatten. Meine Mutter erschien im Durchgang zur Küche, eine Tasse Tee in der Hand.

»Was ist mit Ernst?«, wollte ich wissen. Sie nahm einen Schluck, bevor sie antwortete.

»Hanni schaut nach ihm, bis ich zurück bin. Ernst wäre uns nicht sehr behilflich gewesen, denke ich.«

Wenigstens das.

Hemingway erschien wie aus dem Nichts auf der Lehne des Sofas und begann sich die Krallen zu machen, bis ich ihn mit einer Handbewegung verscheuchte.

»Lass das!«

Bärbel stellte ihre Tasse auf den Beistelltisch und ging neben mir auf die Knie. Ohne zu fragen begann sie, mir zu helfen, die Bücher nach Genres zu ordnen. Diese Liebe zu den Büchern hatte ich von ihr. Auch wenn unsere Handhabung ganz unterschiedlich ausfiel. Ich mochte Ordnung in meinem Bücherregal. Alle waren sie nach Alphabet und Genre geordnet. Bei meiner Mutter nach Farbe und Größe. Und passte eine Farbe nicht zu den anderen, konnte es schon mal vorkommen, dass Bärbel das Buch deswegen einfach entsorgte.

»Dieser Marco ...«, begann sie. »War das nicht der, mit dem du so lange zusammen warst?«

Ich antwortete nicht sofort, denn genau das war ja das Problem.

»Zum Glück lief dir damals Beat über den Weg.«

»Warum meinst du?«

»Ich machte mir Sorgen um dich.«

»Wirklich?«

»Aber sicher.«

»Das hast du mir nie gesagt.«

»Wie konnte ich? Du warst so schnell in der Ostschweiz, dass ich für dich das Zimmer räumen musste.«

Ich lächelte.

»Beat hat mich auch nicht glücklich gemacht.«

»Das weiß man zum Glück nie im Voraus. Und es gab ja auch schöne Momente, nicht? Sonst hättest du es nicht zwölf Jahre in seinem Leben ausgehalten. Beat ist ein guter Mensch. Etwas kompliziert, aber gut.«

Genau das war ja gerade das Problem gewesen. Ich habe mich immer nur als Teil seines Lebens gefühlt.

»Kompliziert? Wir haben uns auseinander-gelebt.«

»So was passiert andauernd.«

Ich hielt inne und presste die Lippen zusammen. Tränen kamen hoch.

»Alles wird gut«, fügte sie sanft hinzu.

»Das hat der Mann in der Ambulanz auch gesagt.«

»Siehst du. Und der muss es doch wissen.«

Sie legte ein letztes Buch auf den Krimi-Turm und stand auf.

»Ich mach uns jetzt was zu essen.«

»Ich habe aber ...«

»Wir haben etwas zu feiern, nicht?«

Ich blickte mich um. Das Sofa, die leeren Bücherregale, die Pflanzen, den großen Fernseher, der am Boden stand. Sie hatte recht.

Es war an der Zeit mein Leben wieder in die Hand zu nehmen.

KAPITEL 8

Die Türklingel rettete mich aus meinen wirren Träumen. Um ein Haar wäre ich dabei vom Sofa gefallen. Hemingway brachte sich mit einem Murren auf der Rückenstütze in Sicherheit. Etwas verwirrt griff ich nach dem Handy. Viertel nach acht. Wer konnte das sein? Ich stand auf und äugte durch den Spion. Und da stand er wieder, mein Nachbar. Ach Gott! Wieso musste er immer im falschen Moment auftauchen? Ich sah an mir herab. Ausgetragenes T-Shirt, Jogginghose. Meine Hand fand ein wirres Chaos auf meinem Kopf. So konnte ich ihm nicht begegnen.

»Einen Augenblick«, rief ich durch die Tür und eilte ins Badezimmer. Natürlich hatte ich meine Sachen noch nicht alle ausgepackt. Ich wusch mir das Gesicht, nahm etwas Zahnpasta in den Mund und spülte, fuhr schnell mit der

Bürste durch das Haar und befestigte es anschließend mit einem Haargummi. Beim Verlassen des Badezimmers schnappte ich mir meinen Bademantel. Die Tür zu meinem Schlafzimmer hatte sich geöffnet und meine Mutter blinzelte mir entgegen, ihre Augenmaske noch auf dem Kopf.

»Was ist denn los?«, fragte sie noch schläfrig und gähnte mich an. Aber ich war schon an der Tür, atmete einmal tief durch und öffnete.

»Hallo«, sagte er und legte seinen Kopf etwas schief. »Ich hoffe, ich habe dich nicht geweckt.«

»Nein, nein, keineswegs«, versicherte ich ihm. Sein Blick glitt über meinen Bademantel, aber er sagte nichts.

»Was gibt's?«

Sein Lächeln wurde breiter. »Ich wollte mich für gestern entschuldigen und habe Croissants mitgebracht.« Er hielt mir eine braune Tüte unter die Nase, auf der ›Bäckerei Fontana‹ stand.

»Entschuldigen? Wofür?«

In diesem Moment ging meine Mutter hinter mir in Richtung Küche.

»Ich mach dann schon mal die Kaffeemaschine startklar.«

»Nun ja ...«

Er sah der morgendlichen Erscheinung meiner Mutter nach, die im rosa Bademantel mit dazu passenden Hausschuhen in der Küche verschwand. »Ich kam gestern einfach so und ...« Er suchte nach den richtigen Worten. »Nun ja, um ehrlich zu sein, wollte ich eine zweite erste Begegnung. Also vielleicht könnten wir so tun, als wäre das gestern gar nicht passiert.«

Wenn er wüsste, wie sehr ich mir das auch wünschte. Jedoch aus ganz anderen Gründen.

»Ich bin Donnie.«

Er streckte mir die Tüte entgegen. Ein Hauch von französischen Backwaren begleitete die Geste. Wie konnte ich da widerstehen?

»Danke. Ich bin Valerie.«

»Willst du ihn nicht auf einen Kaffee hereinbitten?«, hörte ich die Stimme meiner Mutter aus der Küche. Ich verdrehte die Augen.

»Mutter!«

Donnie hätte beinahe laut losgelacht.

»Ist schon gut«, meinte er. »Ein anderes Mal, wenn dir das ...« Weiter kam er nicht, denn Bärbel erschien in ganzer Pracht, die Schlafbrille immer noch auf dem Kopf.

»Kommen Sie herein, guter Mann. Kaffee läuft schon in die Tassen.«

Donnie blickte mich kurz an. Als ich beiseitetrat, um ihn einzulassen, nahm er die Einladung an. Und so standen wir kurz darauf zu dritt in der immer noch mit Lebensmitteln überquellenden Küche, jeder mit einer Tasse Kaffee in der Hand.

»Donnie, ist das amerikanisch?« Meine Mutter biss herzhaft in ihr Croissant und schien das Ganze überhaupt nicht peinlich zu finden.

»Nein, im Grunde genommen ist es irischer Herkunft.«

»Irisch? Wie schön. Ich habe alle Bücher von Cecilia Ahern gelesen. Kennst du die Ahern?«

Bärbel war resolut vom Sie zum Du übergegangen, jetzt, wo sie ja etwas gemeinsam hatten. Donnie lächelte bescheiden.

»Nein, ich habe kein Buch von Cecilia Ahern gelesen.«

»Solltest du aber, wenn du aus Irland kommst.«

»Komme ich ursprünglich. Ich bin aber in der Schweiz geboren und auch hier groß geworden.«

»Oh«, meinte Bärbel nur. »Aber lesen tust du auch, oder?«

»Sehr gern sogar«, sagte er.

»Gut«, meinte sie und nahm einen weiteren Biss. »In dieser Familie wird nämlich viel gelesen. Von Mutter zu Tochter.« Sie stellte ihre Tasse auf den Tresen. »Bitte entschuldigt mich kurz. Meine Blase ruft nach dem Badezimmer. Manche Dinge werden nicht einfacher, wenn man älter wird.«

Und schon verschwand sie aus der Küche.

»Jetzt ist es wohl an mir, mich zu entschuldigen«, sagte ich in die plötzliche Stille hinein und versteckte den Ansatz meines Lächelns hinter meiner großen Tasse. Donnie schien das Gehabe meiner Mutter jedoch nichts auszumachen.

»Da gibt es auch nichts zu entschuldigen«, meinte er.

»Aber neu anfangen können wir deswegen auch nicht.«

»Nein, können wir nicht.«

»Wohnst du schon lange hier?«

Donnie überlegte nicht lange. »Fünf Monate, um genau zu sein.«

Ich nickte. »Und was machst du im Leben?«

»Ich studiere Kriminologie in Bern.«

»Kriminologie?« Das überraschte mich. Sein Erscheinungsbild passte einfach nicht dazu.

»Ich weiß. Die Leute sind immer wieder überrascht, wenn ich das sage. Es passt nicht zu mir. Eigentlich.« Er blickte zu Boden.

»Und weshalb studierst du es dann?«

»Ich habe mich ursprünglich für das Strafrecht interessiert. Nun ja und dann kam alles ganz anders.« Er schien ein wenig hilflos.

»Ist sicher ein interessantes Gebiet.« Er nickte. Ich hörte, wie die Tür zum Badezimmer wieder geöffnet wurde. Als Bärbel wieder in die Küche trat, trug sie ein elegantes Hosenkleid. Ihre Augen waren geschminkt und ihr Haar hochgesteckt. Und plötzlich kam ich mir irgendwie fehl am Platz vor, in meinem weißen Bademantel.

»So ... noch einen Kaffee?« Sie blickte Donnie hoffnungsvoll an. Das Klingeln meines Handys rettete Donnie vor einer Antwort. Da ich keine Anstalten machte, mein Telefon abzunehmen, verließ uns meine Mutter in Richtung Wohnzimmer. Ich hörte, wie sie abnahm.

»Ja ...« Dann Schweigen. »Ja, ja.« Sie kam zurück und verdrehte die Augen. »Kleinen Moment.« Mit einer Hand verdeckte sie den Bildschirm und flüsterte: »Eine gewisse Stefania oder Stefanie oder so was. Hast du heute mit ihr etwas ausgemacht?«

Und da durchfuhr es mich wie ein Blitz. Mein Buchcafé. Stefanie. Das Immobilienbüro.

Ich stellte hastig meine Tasse ab, wo ich konnte, und nahm meiner Mutter das Telefon aus der Hand. Während ich bereits in Richtung Badezimmer unterwegs war, meldete ich mich.

»Guten Morgen.«

»Guten Morgen, Frau Birbaum. Hier ist Stefanie vom Immobilienbüro. Hab ich mir das falsch notiert oder haben wir tatsächlich einen Termin heute Morgen?«

KAPITEL 9

Der Ort war nicht mehr wiederzuerkennen, als ich die Tür zu meinem Lokal aufstieß. Wo am Vortag noch allerlei Unrat zu sehen gewesen war, sah ich zum ersten Mal den steinernen Boden. Es roch nach Farbe. Mehrere Lampen standen am Boden und erhellten bereits gestrichene Wandteile. Zwei Männer in Weiß arbeiteten am hinteren Teil des Raumes. Ich hörte Stimmen aus dem Bereich der Toiletten und Musik aus einem Radio. Einen Augenblick blieb ich stehen, nahm alles in mich auf. Der Raum wirkte groß, wenn er ausreichend beleuchtet war. Rechts und links gab es große Schaufenster, die das schöne Präsentieren von Büchern möglich machten. Die Verkaufsfläche wurde nach hinten schmaler, was perfekt war für hohe Bücherregale. Ich sah schon die Tische vor mir stehen, auf denen die Neuheiten und

Bestseller liegen würden. Eine Bar, wenige Tische, der Kassenbereich. Ich atmete zum ersten Mal auf, als Stefanie auftauchte. Sie grinste breit.

»Habe ich zu viel versprochen?«

Ich musste lachen. »Sieht schon fantastisch aus.«

»Danke. Die neue Tür für die Toilette ist auch schon hier«, sagte sie zufrieden. »Wir sind durchaus im Plan. Heute ist Dienstag. Bis Freitag sollten wir alles erledigt haben.«

»Ich ...« Weiter kam ich nicht, denn die Tür hinter mir ging auf. Zwei Männer in Zivil traten ein, gefolgt von Daniela in Uniform.

»Was ...?«, setzte Stefanie besorgt an. Der eine Mann ließ sie nicht ausreden.

»Frau Birbaum?«

»Das bin ich«, antwortete ich.

»Andreas Thalmann, Kriminalpolizei. Das ist Dominik Chollet.« Er machte eine Handbewegung zu seinem Kollegen. »Frau Burri kennen Sie ja schon.«

Stefanie blickte verwirrt von mir zu den Beamten und zurück.

»Könnten Sie uns einen kurzen Moment allein lassen?«, wandte sich Thalmann direkt an sie. Die Mitarbeiterin des Immobilienbüros nickte nur und verschwand in Richtung Toilette. Ich spürte, wie uns die Maler fragende Blicke zuwarfen. Thalmanns Blick folgte meinem.

»Keine Angst, wir werden Sie nicht lange aufhalten. Wir haben einige Fragen zum Tod von Marco Stucky.«

Ich nickte nur.

»Sie müssten auf dem Posten vorbeikommen, um Ihre Aussage zu machen. Je schneller, desto besser.«

Wieder stimmte ich zu.

»Sie kannten den Verstorbenen von früher?«

»Ja. Aber das sind nun zwölf Jahre her.«

»Sie waren liiert?«

»Wir waren ein Paar, dazumal, wenn es das ist, was Sie damit meinen.«

Er nickte. »Wieso sind Sie zurückgekommen?«

Ich blickte ihn irritiert an. »Meine Ehe ging in die Brüche. Hier bin ich groß geworden.«

»Ihre Entscheidung hatte also nichts mit Herrn Stucky zu tun?«

»Nein, wieso ...?«

»Stimmt es«, übernahm sein Kollege Chollet nun das Gespräch, »dass Sie bei der Bank, für die Stucky arbeitete, um einen Kredit angefragt haben?«

»Ja, wieso?«

Er ging nicht darauf ein. »Wussten Sie überhaupt, dass Herr Stucky dort arbeitete?«

»Nein, erst gestern ...«

»Sie wussten es nicht?«

»Nein, wieso ...?« Ich wurde immer unsicherer. Was sollte das Ganze? Daniela, die bisher einfach zugehört hatte, versuchte nun, dem Gespräch eine sanftere Richtung zu geben.

»Wir haben gestern mit Eleonore Stucky gesprochen und ...«

Chollet warf ihr einen warnenden Blick zu.

»Was meine Kollegin sagen möchte, ist, dass sie Sie zu kennen scheint.«

»Sie kennt mich?«, fragte ich erstaunt.

»Behauptet sie jedenfalls«, kommentierte Thalmann.

»Sie meinen doch nicht, dass ich etwas mit seinem Tod zu tun haben könnte?«

Thalmann ging nicht darauf ein. »Wie kam es, dass Sie sich auf diesem Parkplatz befanden, als meine Kollegen eintrafen?«

»Marco hatte mir eine WhatsApp geschickt, dass er mich treffen möchte.«

Die beiden Beamten tauschten einen kurzen Blick aus.

»Sie haben ihn aber bereits am Morgen getroffen, nicht wahr?«

Ich nickte. »Ja, eigentlich hatte ich eine Frau Stöcklin erwartet. Doch Marco sagte mir, er wolle sich persönlich um meinen Kredit kümmern.«

»Persönlich?« Thalmann musterte mich, wie man ein Stück Fleisch beim Metzger ansieht. Mir lief es kalt den Rücken hinunter.

»Hat er zumindest so gesagt.«

»Kann das jemand bezeugen?«

»Nein, wir waren allein.«

»Niemand hat Sie dort gesehen?«

»Niemand, den ich kenne.«

»Aha. Sonst noch etwas, was Ihnen dazu einfällt?«

»Das mir wozu einfällt?«

»Zum gestrigen Tag. Etwas Ungewöhnliches vielleicht.«

»Marco wirkte am Morgen sehr unruhig und verstört. Er schwitzte.«

»Beunruhigt sagen Sie?«

»Ja, sein Verhalten wirkte aufgesetzt.«

Erneut tauschten sie einen Blick aus.

»Aufgesetzt? Hatten Sie den Eindruck, dass er Angst hatte?«

»Angst?« Ich überlegte einen Augenblick. »Vielleicht. Er wirkte unsicher. Ich habe das mit unserer gemeinsamen Zeit in Verbindung gebracht. Und vielleicht mit seiner Ehe.«

»Wieso seiner Ehe?«

»Nun, er schien nicht den glücklichsten Eindruck zu machen. Wie ist er gestorben?«

»Das können wir Ihnen zurzeit nicht sagen. Es sind vertrauliche Informationen.«

»Hat es etwas mit diesem Alkohol zu tun?«

Thalmann runzelte die Stirn, sagte aber nichts. Ich interpretierte das als Einladung zum Weitererzählen.

»Als ich versuchte, seinen Puls zu spüren, da blieb etwas Klebriges an meinen Fingern zurück. Es roch nach Whiskey oder Ähnlichem und hatte eine bittere Note dabei.«

»Und was schließen Sie daraus?«, wollte Chollet wissen.

»Keine Ahnung. Ich kann mich auch an den offenen Flachmann erinnern und das Handy auf dem Beifahrersitz.«

»Nun, wir wären Ihnen dankbar, wenn Sie heute noch auf dem Posten vorbeischauen und Ihre Aussage zu Protokoll geben würden.«

Thalmann griff in die Innentasche seines Mantels und streckte mir eine Visitenkarte entgegen.

»Falls Ihnen noch etwas einfällt, bin ich für Sie da. Bis wir den Tod von Marco Stucky geklärt haben, bitte ich Sie, den Ort nicht zu verlassen.«

Ich blickte auf die Visitenkarte in meiner Hand, völlig überrumpelt und durcheinander.

»Einen schönen Tag noch«, verabschiedete sich Thalmann. Chollet nickte mir nur zu. Daniela setzte sich als Letzte in Bewegung und schenkte mir ein aufmunterndes Lächeln. Sie ließen ein unangenehmes Gefühl zurück.

Die Tür schloss sich viel zu laut hinter ihnen.

KAPITEL 10

Ich gehöre zu der Sorte Mensch, die, habe ich einmal etwas entschieden, mich von nichts und niemandem aufhalten lässt. Das Gespräch mit den Beamten der Kripo hatte mir gezeigt, dass Marco mit Sicherheit ermordet worden war. Zumindest hatte man Thalmann und Chollet aufgeboten, das herauszufinden.

Nachdem ich Stefanie so überzeugend wie möglich versichert hatte, dass alles in Ordnung war, brauchte ich einen Moment frische Luft. Meine Schritte lenkten mich zum Einkaufszentrum und dem kleinen Kiosk mit den Tischen, die von der Straße her gut zu sehen waren. Ich setzte mich mit meinem Espresso an denselben Tisch wie am Vortag.

Das Gespräch mit Thalmann und Chollet hatte wieder diese Unsicherheit zurückgebracht, die ich Marco gegenüber verspürt hatte. Er hatte besorgt gewirkt gestern. Und nun, im Licht seines plötzlichen Todes, bekamen seine Worte eine ganz andere Bedeutung. Er hatte gesagt, er wolle mit seiner Vergangenheit abschließen. Zwölf Jahre sind eine lange Zeit. Was war geschehen?

Während ich meinen Espresso trank, versuchte ich, mich an alle Einzelheiten unseres Gespräches zu erinnern. Die Polizisten hatten Marcos Frau Eleonore angesprochen. In den Erinnerungen an meine Kindheit gab es keine Eleonore. Der Vorname war selten genug. Daran hätte ich mich erinnert. Chollet hatte erwähnt, dass Marcos Frau mich zu kennen schien. Aber woher? Hatte Marco ihr von mir erzählt? So wie ich ihn gestern erlebt hatte, konnte ich mir das nicht wirklich vorstellen. Mein Gefühl sagte mir eher, dass es mit seiner Beziehung nicht mehr wirklich zum Besten gewesen war. Ich nahm mein Handy zur Hand und öffnete den Browser. Aber die Eingabe ihres Namens und des Wohnortes ergab keine Ergebnisse. Auch bei den Bildern nicht. Selbst auf Facebook nicht. Was ja eigentlich nichts heißen musste. Meine Neugier war geweckt. Wenn jemand mir etwas über Marco sagen konnte, dann mit Sicherheit seine Frau. Ich wollte wissen, woher sie mich kannte. Das führte zur nächsten Frage. Wo hatte Marco gelebt?

Ich scrollte durch meine Anrufliste und pickte die direkte Telefonnummer von Frau Stöcklin heraus. Beim dritten Klingeln nahm sie ab.

»Guten Morgen, Frau Stöcklin, hier ist Birbaum.«

Einen kurzen Augenblick schien die Leitung tot. Dann räusperte sich die Bankangestellte.

»Guten Morgen. Was kann ich für Sie tun?«

»Wir müssen ja noch die Sache mit dem Kredit klären, aber das hat Zeit. Ich rufe wegen dem an, was gestern passiert ist.« Ich ließ eine kleine Pause, die Stöcklin nicht unterbrach.

»Nun, es ist schlimm, was Marco zugestoßen ist.« Wieder ließ ich eine kleine Pause, erhielt aber keine Reaktion.

»Und ich möchte nun eine Karte an seine Frau schreiben und wollte wissen, ob Sie mir nicht die Adresse geben könnten.«

Ich hörte, wie jemand auf eine Tastatur tippte.

»Sie wissen, dass ich das nicht darf, Frau Birbaum.«

»Es ist für mich nicht einfach, wissen Sie. Ich habe ihn gestern in seinem Auto gefunden. Es war das Schlimmste, was ich je erleben musste. «

»Das kann ich mir vorstellen. Wir sind alle geschockt von der Mitteilung.«

»Sie kannten ihn gut?«

»Ich habe fünf Jahre mit ihm zusammen gearbeitet, wenn Sie das meinen.«

»Auch privat?«

»Wir ... nun ja, ist das wirklich wichtig?«

»Gestern Morgen haben wir noch zusammen Kaffee getrunken und da machte er auf mich einen nervösen Eindruck. Wissen Sie, ob ihn in letzter Zeit etwas beschäftigte?«

Stöcklin antwortete nicht sofort. »Wieso sollte ich Ihnen das sagen, wenn ich's denn wüsste?«

»Nun ja ... kein Problem. Meine Gedanken kreisen seit gestern nur um ihn und warum er nun tot ist. Tut mir leid, wenn ich Ihnen zu nahe getreten bin. Ich möchte aber wirklich eine Karte schreiben. Ich meine, es wird ja sowieso in der Zeitung stehen. Es ist also nicht so, dass ich die Adresse nicht anderweitig ausfindig machen könnte.«

Stöcklin räusperte sich und ich hörte sie seufzen. »Haben Sie etwas zum Schreiben dabei?«

»Ja.«

Eine Anspannung hatte von mir Besitz ergriffen, die ich mir nicht mit Marcos Adresse erklären konnte. Er wohnte in einem mir unbekannten Quartier etwas außerhalb des Ortes. Eine Viertelstunde zu Fuß von dort aus, wo ich mich befand. Vielleicht etwas mehr.

Es war Zeit für einen Spaziergang.

Ich war im Begriff aufzustehen, als mein Handy vibrierte und die Nummer meiner Mutter auf dem Bildschirm erschien. Kurz geriet ich in Versuchung, mich wieder hinzusetzen, um den Anruf entgegenzunehmen. Aber dann entschied ich mich dagegen. Als ich meine Jacke angezogen und die Tasse mit dem Tablett in den Rollwagen geschoben hatte, meldete mein Handy einen Anruf in Abwesenheit. Ein schlechtes Gewissen machte sich breit. Meine Mutter machte sich gewiss Sorgen. Und vielleicht zurecht. Konnte ich einfach so bei Eleonore auftauchen? Ich hatte schließlich ihren Mann tot aufgefunden, beruhigte ich mich. Das gab mir alle Rechtfertigungen der Welt. Entschlossen ließ ich mein Handy in der Tasche meiner Jacke verschwinden und schloss den Reißverschluss.

Anstatt nach rechts wandte ich mich am Ausgang des Einkaufszentrums nach links, in Richtung der Kirche. Autos fuhren an mir vorbei. Die Hauptstraße war immer noch der einzige mögliche Weg, um die Dörfer in Richtung Schwarzsee zu erreichen. Ein Lastwagen stöhnte auf. Ihm folgte ein Streifenwagen.

Wieso waren die Polizisten genau in dem Augenblick aufgetaucht, in dem ich neben Marcos Wagen stand? Wer hatte sie angerufen? Da mir die Frage gestellt worden ist, ging ich davon aus, dass es sich bei der anrufenden Person um eine Frau gehandelt hatte.

Ich nahm den Zebrastreifen und verließ die Hauptstraße. Ein weiterer ›Zufall‹? Oder doch etwa nicht? Die Fragen der Kripobeamten hatten in mir die Theorie des Mordes geweckt. Wäre das der Fall, so war der Täter oder die Täterin vielleicht gestern noch vor Ort gewesen, als ich auf dem Parkplatz eingetroffen bin. Mich schauderte. Das könnte das plötzliche Auftauchen der Polizei erklären. Ein anonymer Anruf. Ich versprach mir, Daniela die Frage zu stellen. Demnach hatte es vielleicht Zeugen gegeben. Musste es ja. Die Brugerastraße war eine gut befahrene Straße. Das Schulgelände Wolfacker war nicht weit vom Parkplatz entfernt. Der schnellste Weg zum Bahnhof ging eben diese Straße entlang.

Andererseits musste der Mörder ja nicht vor Ort gewesen sein, als Marco starb. Ich sah wieder den Flachmann am Boden und die klebrige Flüssigkeit auf meinen Fingern vor mir. War er vergiftet worden? Woher bekam man solch ein Gift?

Die Situation wurde immer unrealistischer. Schließlich waren wir in Düdingen, einem Achttausend-Seelen-Ort, und nicht in einer Großstadt. Alles in mir sträubte sich gegen die Idee eines Mordes. Wenn ich jedoch von einer Vergiftung ausging, dann war sein Tod wohlüberlegt gewesen.

Ich hatte mittlerweile die kleine Weinhandlung erreicht, die ich schon aus meiner Jugendzeit kannte, und begann, den Hang der Zelgstraße zu erklimmen. Nach nur wenigen Metern merkte ich, dass ich viel zu schnell ging. Die Steigung dort zeigte mir, dass es keinen Grund zur Eile gab. Und dass ich nicht mehr die Jüngste war.

Ich schob den Gedanken beiseite.

Auf dem Hügel begleitete die Straße die Bahngleise, die in einer Vertiefung Richtung Fribourg verliefen. Man sah vom Bürgersteig aus nur die Fahrleitungen. Dann bog ich in das Quartier ein. Das Haus hatte einen turmartigen

Vorbau und war links von einem großen Vorplatz mit anschließender Garage und rechts von einer großen Hecke umgeben. Ein kleiner Balkon mit einem spitzen Dach im Obergeschoss erinnerte mich an den Balkon von Romeo und Julia. War es auch hier um ewige Liebe gegangen? So richtig konnte ich mir das, angesichts Marcos Reaktion gestern, nicht vorstellen.

Ich strich meine Jacke glatt und atmete einmal tief durch. Dann klingelte ich. Sekunden später hörte ich Schritte.

Die Frau, die mir die Tür öffnete, war in meinem Alter. Die schulterlangen, roten Haare trug sie offen. Ihre blauen Augen waren gerötet, als hätte sie vor Kurzem noch geweint. Augenringe zeugten von schlaflosen Nächten oder einem Haushalt mit vielen Kindern. Der Kopf wirkte fast zu klein für den üppigen Körper. Sie trug eine viel zu enge Bluse, durch die ein Unterhemd durchschimmerte, ausgetragene Jeans und rote Socken. Trotzdem erkannte ich sie sofort wieder.

Aber in meiner Erinnerung hieß sie nicht Eleonore.

KAPITEL 11

Das Überraschungsmoment war für uns beide das gleiche.

»Aber du bist nicht Eleonore«, war das Einzige, was ich stotternd hervorbrachte. Ich kam mir albern vor und fragte mich, ob ich mich im Haus geirrt hatte. Ein müdes Lächeln machte sich auf ihrem Gesicht breit.

»Hallo, Valerie. Komm rein.«

Sie ließ die Tür offen und verschwand im Flur. Mir blieb nichts anderes übrig, als ihr zu folgen. Im Eingang stand ein Paar Sneakers. Ich ignorierte sie und behielt meine an. Meine Socken waren zwar nicht rot, hatten aber bestimmt Löcher. Das musste Sabine nicht von mir wissen. Gewisse Dinge änderten sich eben nie. Sabine und ich verband eine lange Geschichte. Wir waren *Best Friends For Never*. Früher konnten wir nicht einen Tag zusammen etwas unternehmen, ohne einander gehörig auf den Geist zu gehen. Als ich ihr nun folgte, stellte ich erstaunt fest, wie doch die zwölf Jahre gar nichts an meinen Gefühlen für sie geändert hatten. Dürfte ich sie zum Mond schießen, wäre es ohne Treibstoff für den Rückflug. Dabei hatte sie mir ja gar nichts angetan. Heute nicht und auch damals nicht.

Nach einigen Metern mündete der Flur in ein großes Wohnzimmer mit anmutsvollen Fenstern, die den Blick in einen wohldurchdachten Garten hinter dem Haus frei gaben. Es gab gepflegte Möbel in hellen Tönen und zimmerhohe Pflanzen in großen Kübeln. Eine Couchlandschaft mit geblümtem Muster beherrschte den Raum. Auf ihr saß eine Frau unschätzbaren Alters. Sie wirkte viel jünger, als sie in Wirklichkeit sein musste. Vielleicht lag das aber auch an den kurzen schwarzen Haaren, die sie auf sehr französische Art in einem Garçon-Schnitt trug. Es wirkte frech und feminin zugleich. Ihre sichtbaren Wangenknochen und die dunklen Augen gaben ihr jedoch etwas Hartes. Ihre vollen Lippen waren zu einem feinen Strich zusammen gepresst.

Sabine war stehen geblieben.

»Eli, das ist Valerie.« Etwas verlegen blieb ich stehen, während Sabine einige Tassen vom Couchtisch nahm und damit aus dem Raum verschwand. Wortlos starrte Eleonore durch mich hindurch. Schlimmer als jedes Wort, das sie hätte sagen können. Ihre Finger kneteten ein Taschentuch. Ich halte Stille in solchen Situationen nicht wirklich lange aus, weil ich nicht weiß, wie man reagieren sollte. Unbeholfen sah ich mich um, räusperte mich dann.

»Es tut mir leid«, sagte ich schließlich. Und zum ersten Mal sah sie mich nun wirklich an. Ihre Augen blieben jedoch ausdruckslos. Mir lief ein kalter Schauer über den Rücken. War das nicht, was man gemeinhin sagte?

»Tut mir leid, wegen Marco«, fügte ich unnötigerweise hinzu. Sie nickte knapp. Ich blickte mich um. »Schön ist es hier.«

Die Worte schienen Eleonore aus ihrer Gedankenwelt zurückzubringen. Sie blickte sich um, als sähe sie den Raum zum ersten Mal.

»Ich wollte nur mein Beileid aussprechen. Es ist vielleicht nicht der richtige Moment.« Ich biss mir auf die Unterlippe, wandte mich zum Gehen.

»Bleib noch einen Moment.« Ihre Stimme war sanft, kalt und nicht mehr als ein Flüstern. Ich drehte mich zu ihr um, sah ihre Handbewegung, die mich zum Sitzen einlud. Mit gebührendem Abstand ließ ich mich auf der Couch nieder.

»Es ist für uns alle ein Schock«, fuhr Eleonore fort. »Und ich weiß immer noch nicht, was ich davon halten soll.«

»Von was?«, fragte ich vorsichtig. Ihre Hände begannen wieder das Taschentuch zu kneten.

»Von seinem Tod.«

»Was meinst du damit?« Da sie mich geduzt hatte, tat ich es ihr gleich. Sie schien davon nicht Notiz zu nehmen. Abwesend blickte sie in den Garten. Entweder stand sie unter Medikamenten oder Alkohol. Vielleicht auch unter beidem. Langsam fanden ihre Gedanken die richtigen Worte.

»Er hat nichts davon gesagt, dass er gehen wollte.«

Sabine erschien im Türrahmen zur Küche und blieb dort an den Türpfosten gelehnt stehen.

»Was meinst du damit?«, hakte ich nach.

»Ich glaube nicht, dass er sich umgebracht hat.«

Ich blickte kurz zu Sabine hinüber, die die Arme vor der Brust verschränkt hatte.

»Unsere Beziehung hatte nicht mehr die Nähe, die sich erahnen lassen könnte. Wir lebten in zwei Welten. Aber trotzdem ... ich verstehe es nicht.«

Ich wagte kaum zu atmen.

»Du hast ihn gefunden, nicht wahr?«

Ich nickte. Und die Erinnerung an den Moment ließ meine Kehle wieder enger werden.

»Er saß in seinem Wagen, auf dem Parkplatz vor dem Kirchgemeindezentrum Hasli.«

»Vor dem Kirchgemeindezentrum?«

Ich überlegte fieberhaft, ob ich seine WhatsApp-Nachricht erwähnen sollte.

»Wieso warst du auf dem Parkplatz?« Sabine blickte mich fragend an. Ich nahm meinen ganzen Mut zusammen.

»Er hat mir eine Nachricht per WhatsApp geschrieben und wollte mich sehen.«

»Dich sehen? Weshalb denn das?«

Ich seufzte. »Ich bin zurückgekommen, um ein Buchcafé zu eröffnen. Dafür brauche ich einen Kredit.«

»Und ausgerechnet er, dein Ex, kümmert sich darum.« Sabine meinte es sicher nicht so, wie sie es sagte. Trotzdem berührte mich der Satz mehr, als ich es zugeben wollte.

»Eigentlich hatte ich mit Frau Stöcklin abgemacht, aber schließlich tauchte Marco auf.«

»Auf dem Hasli-Parkplatz?« Ich vermeinte, Spott in ihrer Stimme zu hören. Langsam ging sie mir auf den Keks. Ich war nicht gekommen, um mich für irgendetwas zu rechtfertigen.

»Wir haben uns am Morgen bereits deswegen getroffen. Dann kam das Umzugsunternehmen und kurz nach Mittag erhielt ich seine Nachricht für den späteren Nachmittag. Ist denn das wichtig?«

Sabine gab keine Antwort darauf.

»Ich bin müde«, sagte Eleonore.

»Du solltest dich ausruhen, Eli.« Sabine gab ihre Stellung auf und eilte ihrer Freundin zu Hilfe. Aus eigener Kraft hätte sie es vermutlich nicht geschafft.

»Kann ich irgendetwas tun?«, fragte ich.

»Sabine ist bei mir. Danke, dass du vorbei gekommen bist.« Eleonore lächelte schwach. Sie verließen gemeinsam den Raum. Ich blieb verwirrt zurück. Was sollte das? Warum fühlte ich mich angegriffen? Und warum hatte ich den Drang, mich rechtfertigen zu müssen?

Etwas verloren stand ich auf und verließ das Haus. Ich hatte plötzlich so viele Fragen. Aber es gab ja nun jemanden, der mir vielleicht Antworten darauf geben konnte.

KAPITEL 12

Sie nahm ihr Handy fast augenblicklich ab.

»Hallo, Daniela, hier ist Valerie.« Auch wenn ich zuerst das Gefühl gehabt hatte, sie habe den Anruf völlig verschlafen entgegengenommen, war sie jetzt hellwach.

»Was ist los?«

»Ich war bei Eleonore zuhause und ...«

»Ist etwas passiert?«

»Nein, nein, nicht wirklich. Ich bin einfach verwirrt und traurig.« Tränen kamen hoch. Mit Müh und Not rang ich sie nieder.

»Ich verstehe.«

»Du hast mir gesagt, ich könne dich anrufen.«

»Aber ja, natürlich. Bleib kurz dran.« Es raschelte in der Leitung, dann kam ihre Stimme wieder.

»So, jetzt ist es besser.«

»Sie glaubt nicht an einen Selbstmord.«

»Hat sie das gesagt?«

»Sie hat es angedeutet. Und die Kripobeamten heute Morgen ...«

»Das ist üblich so. Es gibt immer eine Untersuchung bei einem Todesfall«, beruhigte sie mich.

Ich ließ den Blick über die Straße und das rote Nachbarhaus schweifen. Im ersten Stock bewegten sich Gardinen.

Nur weg hier, dachte ich und setzte mich in Bewegung.

»Wo bist du jetzt?«, fragte Daniela.

»Ich bin zu Fuß unterwegs, gehe die Gleise entlang.«

»War jemand bei ihr?«

»Ja, Sabine.«

»Sabine Buchmann?«

»Ich weiß nicht, wie sie heute heißt. Rote Haare, schulterlang, blaue Augen ...«

»Das ist Sabine Buchmann. Sie ist Krankenschwester gewesen, vor den Kindern.«

»Du kennst sie?«

»Kennen ist zu viel gesagt. Aber ich bin froh, dass Eleonore nicht allein ist.«

Da musste ich ihr recht geben.

»Sie hat mich behandelt, als könnte ich etwas mit Marcos Tod zu tun haben.«

»Hat sie das?«

»Ja. Fast so, als könnte ich Schuld daran tragen.«

»Du kannst es ihr nicht übel nehmen.«

Natürlich konnte ich es ihr übel nehmen!

»Ich meine, du hattest mit Marco Kontakt am Morgen, dann eine SMS von ihm erhalten und ihn schließlich gefunden.«

»Aber die Nachricht kam von ihm.«

»Zudem bist du eine seiner Ex, nur seit wenigen Tagen wieder hier und hast den Bankkredit für dein Buchcafé nicht erhalten. Soll ich fortfahren?«

»Ich habe ihn nicht getötet.«

»Wer sagt denn, dass er getötet wurde?«

Ich biss mir auf die Lippen.

»Klingt vielleicht blöd, aber er machte auf mich nicht den Eindruck eines Menschen, der seinen eigenen Tod plant.«

»Wie kannst du dir da so sicher sein? Du hast ihn seit zwölf Jahren nicht gesehen und gerade einmal fünfzehn Minuten Zeit mit ihm verbracht.«

»Nachdem er mir gesagt hatte, die Summe des Kredites sei zu hoch, bot er mir an, den restlichen Betrag aus einem privaten Fonds zu nehmen.«

»Das hast du uns aber nicht gesagt.«

»Nein, ich weiß. Aber das ist nicht der Punkt. Als ich ihn fragte, warum er das machen würde, sagte er nur, er wolle mit seiner Vergangenheit abschließen.«

Daniela schwieg am anderen Ende.

»Bist du noch da?«, fragte ich.

»Ja. Das klingt irgendwie komisch.«

»Es beschäftigt mich seitdem. Und nun, wo er tot ist, bekommen seine Worte eine ganz andere Bedeutung.«

»Ich weiß nicht, ob ich dir das sagen darf, aber du warst nicht die letzte Person, die ihn lebend gesehen hat.« Daniela sah mich ernst an.

»War ich nicht?«

»Nein, bist du nicht. Wir sind zwar erst am Anfang der Rekonstruktion der Stunden zwischen eurem Rendezvous und seinem Tod, aber wir wissen, dass er sicher noch im Büro gewesen war.«

»Dann muss ich dorthin.«

»Valerie, nein. Das ist eine polizeiliche Ermittlung. Lass uns das machen.«

»Ich kann doch nicht tatenlos zusehen und abwarten.«

»Valerie, hör mir zu! Wenn sich sein Tod wirklich als Mord entpuppt, dann läuft da draußen ein Krimineller herum.«

Ich biss mir auf die Lippen.

»Ich wollte dich noch etwas fragen.«

»Wechsle nicht das Thema!«

»Schon gut. Ich habe verstanden. Wieso kamt ihr eigentlich in dem Moment auf den Parkplatz, als ich dort stand? Hat euch wirklich jemand angerufen?«

Daniela schwieg einen kurzen Augenblick. Dann hörte ich sie ausatmen.

»Jemand hat uns angerufen, ja«, gab sie zu.

»Wie das?«

»Ein Anruf ging bei uns wegen eines Lieferwagens ein, der anscheinend schon Tage auf besagtem Parkplatz herumstand.«

»Ein Lieferwagen?«

Ich erinnerte mich. Ein Lieferwagen war auch auf dem Parkplatz gewesen.

»Wir folgten dem Anruf und entdeckten dich vor Ort.«

»Wann kam der Anruf denn?«

»Ich weiß nicht mehr genau. Vielleicht kurz nach vier Uhr, warum?«

Marco wollte mich um halb fünf auf dem Parkplatz treffen.

»Ist das nicht sonderbar?«

»Was meinst du damit?«

»Marco schrieb mir am frühen Nachmittag eine Nachricht, er wolle mich um halb fünf auf ebenjenem Parkplatz treffen. Dort stand auch der Lieferwagen. Und ihr kriegt einen anonymen Anruf, ausgerechnet den zu kontrollieren?«

Daniela erwiderte nichts.

»Ist der Lieferwagen immer noch dort?«

»Ich weiß es nicht.«

»Habt ihr ihn denn schließlich kontrolliert?«

»Natürlich. Er war nicht als gestohlen gemeldet worden. Alles in Ordnung.«

»Ich glaube einfach nicht an Zufälle. Jemand wollte, dass ihr ihn findet.«

»Den Lieferwagen?«

»Nein, Marco. Vielleicht hat man uns sogar beobachtet«, überlegte ich laut. Der Gedanke kam mir, dass der Mörder Marco beim Sterben zugesehen haben könnte. Dabei stellten sich mir die Nackenhaare auf.

Deine Fantasie geht mit dir durch!

»Bist du noch da?«, fragte Daniela.

»Ja, dachte nur ...«

In meinem Ohr piepte es.

»Einen kleinen Moment, ich habe einen zweiten Anruf.« Ich blickte auf das Display, auf dem die Nummer meiner Mutter erwartungsvoll blinkte.

»Ich muss Schluss machen. Meine Mutter ruft mich an.«

»Halt dich da raus, hörst du?«

»Ich habe verstanden. Danke für alles.« Mein Entschluss stand schon fest. Da würde auch diese Lüge nichts mehr daran ändern. Ich bin mir sicher, Daniela glaubte mir nicht wirklich. Sie fügte aber nichts mehr hinzu und so wechselte ich die Leitung.

»Na endlich!«, hörte ich meine Mutter ausrufen. »Ich habe dich schon den ganzen Tag zu erreichen versucht.«

Ich rollte mit meinen Augen.

»Der ganze Tag ist noch nicht vorüber und du hast mich gerade ein Mal angerufen.«

»Sag ich doch, den ganzen Morgen. Wo bist du?«

Ich seufzte. »Im Dorf. Aber was gibt es denn so Wichtiges?«

»Hemingway hat sich auf deinem Schrank versteckt und kommt nicht mehr herunter.«

»Das ist jetzt nicht dein Ernst, oder?«

»Ja, wer denn sonst? Ich konnte ihn doch nicht alleine in der großen Wohnung lassen. Ich musste ihn holen, jetzt wo ich einige Tage bei dir bleiben werde.«

Einige Tage?

»Darüber müssen wir noch sprechen.«

»Wie du meinst.« Sie klang beleidigt. »Aber jetzt musst du kommen und dich um deine Katze kümmern. Ich kann nicht alles hier tun!«

Mittlerweile hatte ich die Kirche erreicht. Im Kopf ging ich meine Liste durch. Ich wollte noch einmal in meinem zukünftigen Laden vorbeisehen und musste noch auf der Polizeiwache meine Aussage machen. Danach wollte ich bei der Bank vorbeischauen. Mutter würde keinen dieser Gründe gelten lassen. So fügte ich mich meinem Schicksal.

»Ich bin schon unterwegs.«

KAPITEL 13

Um meinen Kleiderschrank standen drei Fressnäpfe mit genauso vielen verschiedenen Futtersorten und Ernst, der hechelnd nach oben blickte, wo Hemingway mit gespreizten Beinen seelenruhig sein Hinterteil putzte.

»Ich hab alles versucht, aber er will einfach nicht herunterkommen.«

Kunststück!

Ich trat an den Schrank und hielt meine Hand nach oben. Hemingway schnupperte kurz daran, drehte mir aber dann den Rücken zu. Ich seufzte.

»Wir lassen ihn einfach mal in Ruhe«, entschied ich. »Der kommt schon wieder herunter.«

»Aber ...«

»Ist alles in Ordnung. Komm, Ernst!« Ernst blickte noch einmal zur Katze hoch, folgte mir aber dann brav in Richtung Küche, meine Mutter im Schlepptau. Die Vorräte waren immer noch auf den Tresen verteilt. Nichts schien sich geändert zu haben. Ich trat ins Wohnzimmer. Boxen mit meinen Sachen überall. Die Bilder standen am Boden. Der Teppich immer noch zusammengerollt.

Bärbel folgte meinem Blick.

»Ich konnte nicht viel machen, wegen dieser Katzensache ...«

»Um das geht es nicht.«

»Ach, nicht?« Hoffnung schwang in ihrer Stimme mit.

»Nein.« Ich ließ mich aufs Sofa fallen. Ernst versuchte hochzuspringen, war aber zu klein dafür. Ich hob ihn hoch und setzte ihn neben mich, wo er sich wohlwollend meinen Streicheleinheiten ergab.

»Diese ganze Geschichte mit Marco lässt mich nicht mehr los.«

Meine Mutter setzte sich ebenfalls.

»Das verstehe ich.«

»Und da ist noch so viel zu tun.«

»Warst du schon bei der Polizei?«

»Nein, ich muss meine Aussage noch machen. Dann möchte ich noch bei der Bank vorbeigehen, wegen des Kredits. Und mein Café sollte ich auch noch besuchen.«

»Mach doch einfach eins nach dem anderen.«

Es klang so einfach, wenn sie es sagte.

»Ach ja, Donnie lässt dir Tschüs sagen. Er hat sich gefreut, dich länger als fünf Minuten am Stück gesehen zu haben.«

»Mutter!«

»Was denn?«

Ich seufzte. Donnie. Ich musste ehrlich gestehen, dass ich ihn liebend gern näher kennenlernen würde. Aber wollte er das noch, nachdem ich ihn bereits zweimal hatte stehen lassen? Ändern konnte ich es nicht mehr. Ich gab mir einen Ruck.

»Ich muss los.«

Erstaunlicherweise hatte meine Mutter nichts dagegen einzuwenden. Nur Ernst winselte, als ich aufstand.

»Aber halt mich auf dem Laufenden. Ich mach mir nämlich Sorgen.« Bärbel war mir bis zur Tür gefolgt. Ihre Stimme klang bestimmt. Und doch vermeinte ich das Gefühl der Besorgnis herauszuhören.

»Mir geht es gut«, versicherte ich ihr und trotzte ihrem klagenden Blick, als ich mich zu ihr umdrehte. Ich gab ihr einen Kuss auf die

Wange und schlüpfte in den Flur, bevor sie noch etwas hinzufügen konnte. Einen Augenblick spielte ich mit dem Gedanken, bei Donnie anzuklopfen, entschied mich aber dann dagegen. Viel Zeit hatte ich ja nicht. Wenn ich noch vor der Mittagspause zur Bank wollte, musste ich mich beeilen. Zum Glück war es ja nicht weit.

Als ich am Parkplatz vorbeikam, standen Schüler in grellgelben Westen am Zebrastreifen und stoppten die Autofahrer. Kinder mit roten und gelben Dreiecken strömten aus dem nahe gelegenen Schulgebäude. Autos warteten auf dem Parkplatz darauf, die Kleinen einzuladen und an den Mittagstisch zu bringen. Frauen mit Kinderwagen und großen Taschen waren unterwegs. Ich beobachtete das Treiben, während ich die Straße in Richtung Bahnhof hinablief. Immer wieder kamen mir Kinder in kleinen und größeren Gruppen entgegen. Einige grüßten, andere lachten oder blickten mich scheu an. Ein großer Gegensatz zum gestrigen Nachmittag, wo der Parkplatz so einsam und verlassen auf mich gewirkt hatte. Um halb fünf war es zu spät gewesen, um Schulkinder auf dem Heimweg beobachten zu können, und zu früh für den allabendlichen Feierabendverkehr.

Das Zeitfenster war ideal dafür, nicht gestört zu werden. Hatte Marco die Uhrzeit deswegen so gewählt? Damit er sich ungestört mit mir unterhalten konnte? Zum ersten Mal kamen mir Zweifel. Hatte er die Nachricht geschrieben oder jemand anderes? Ich musste wissen, was in den Stunden zwischen unserem gemeinsamen Kaffee und seinem Tod gewesen war. Und ich hatte einen glaubwürdigen Grund, bei der Bank vorbeizuschauen. Mein Kredit.

Ich kam am roten Gebäude des Podiums vorbei, wo regelmäßig Konzerte und andere kulturelle Veranstaltungen organisiert wurden und überquerte dann die Straße bei dem Friseurladen, der früher mal ein Tattoo-Studio gewesen war. Ich betrat das Einkaufszentrum durch den Eingang beim Parkplatz, ließ die Poststelle rechts liegen und durchquerte die Halle bis zur Bank, für die Marco gearbeitet hatte.

Minuten später saß ich Frau Stöcklin in einem engen, kleinen Konferenzzimmer gegenüber. Sie war der komplette Gegensatz zu Eleonore und Sabine. Schulterlanges blondes Haar, blaue Augen. Ein rundliches Gesicht, obschon die Frau sehr schlank war. Sie wirkte müde. Ihre

Haut wirkte blass und aufgedunsen. Sie hatte einen großen Ordner bei sich.

»Ich muss gestehen, Frau Birbaum, dass Ihre Anfrage sich etwas schwieriger gestaltet als angenommen.« Sie öffnete den Ordner vor mir.

»Ich weiß. Marco hat es mir gestern bereits gesagt.« War sie bei seinem Vornamen zusammengezuckt? Oder hatte ich das nur geträumt? Schnell hatte sie sich jedenfalls wieder im Griff.

»Nun, Marco hat mir gestern Morgen noch Instruktionen gegeben. Die gute Nachricht ist, dass wir Ihnen den Kredit gewähren werden. Nicht zuletzt auch, weil Sie Düdingen mit Ihrem Buchcafé einen Mehrwert anbieten. Allerdings wird es nicht die Summe sein, die Sie ursprünglich wollten.«

»Was bedeutet das?«

»Das bedeutet, dass wir die Kreditsumme kürzen und die Vertragsdauer verlängern. Somit sinken dann auch Ihre monatlichen Beiträge.«

»Marco war also gestern noch hier?«

Sie sah von ihren Notizen hoch und blickte mich an, als hätte ich etwas Verbotenes gesagt. Und plötzlich brach ihr Gesichtsausdruck in sich zusammen. Ich fürchtete schon, sie würde zu weinen beginnen. Sie machte den Ordner wieder zu und schob ihn von sich weg. Einen Augenblick legte sich die Stille wie eine schwere Decke über den Raum.

Dann begann sie leise zu erzählen.

KAPITEL 14

»Es ist so furchtbar. Ich meine, vor einer Woche ... und dann plötzlich.«

Ich verstand nicht, was sie mir sagen wollte, wartete aber geduldig, bis sie sich wieder gefasst hatte.

»Er ist so ein liebenswerter Mensch. War. Immer da für mich. Wir hatten Projekte.«

Sie hatte plötzlich meine ganze Aufmerksamkeit.

»Was für Projekte?«

Sie blickte mich kurz an, als wollte sie abschätzen, was sie mir sagen konnte.

»Du kanntest ihn ja auch, oder?«

»Das war vor zwölf Jahren.«

Sie nickte. »Eine lange Zeit. Du kennst Eleonore?«

»Ich bin heute Morgen bei ihr gewesen.«

»Eine schreckliche Frau. Hat ihn ausgenutzt, wo sie nur konnte.«

Ich schwieg, um ihr die Möglichkeit zu geben, Klarheit in ihre Gedanken zu bringen.

»Als er mir zum ersten Mal davon erzählte, war ich traurig, für ihn, wenn du verstehst, was ich meine. Und dann kamen wir uns immer näher.«

»Ihr wart ein Paar?«

»Ich weiß nicht, was wir waren. Ich weiß nur, was wir nie mehr sein werden.«

»Wusste Eleonore von euch beiden?«

Sie überlegte einen Moment.

»Kann schon sein. Ihr war das egal.«

»Wie kann einem das egal sein?«

»Das frage ich mich auch schon lange.«

»Hast du eine Antwort darauf gefunden?«

Sie blickte mich mit leeren Augen an.

»Das war keine wahre Liebe mehr.«

»Warum sind sie dann zusammengeblieben?«

»Da gab es ein kleines Problem. Sie hatten versucht, Kinder zu bekommen. Aber irgendwie ging das nicht. Er hat sie durch alle Hormon-behandlungen und Einpflanzungen der Embryonen begleitet. Und immer wieder hat sie die Kinder verloren. Das hat Eleonore in eine tiefe Depression fallen lassen. Er wollte sie nicht allein lassen.«

Ich schwieg. Das warf ein ganz neues Licht auf Marco.

»Er hat oft davon gesprochen, Eleonore zu verlassen.«

»Weil sie ihm die Schuld gab?«

Stöcklin nickte.

»Glaubst du, sie könnte etwas mit Marcos Tod zu tun haben?«

»Ich weiß es nicht.«

»Hast du mit der Polizei darüber gesprochen?«

»Nein«, sagte sie. »Sie haben andere Fragen gestellt.«

»Wann hast du Marco zum letzten Mal gesehen?«

»Er ging so um halb eins.«

»Danach hattest du keinen Kontakt mehr mit ihm?«

Sie schüttelte den Kopf.

»Hat er gesagt, was er machen wollte?«

»Er wollte mit Chris zu Mittag essen.«

»Wer ist Chris?«

»Sein bester Freund. Wie Pech und Schwefel, die zwei.«

»Chris ... Chris ... Christophe?«

»Häni, ja. Den müsstest du auch noch kennen.« In meiner Erinnerung trug Christophe Häni die Haare halblang mit Seitenscheitel zu einem spitzen Gesicht mit spitzer Nase und einem umwerfenden Lächeln. Der perfekte Schwiegersohn. Früher schon konnte er seinen Charme so spielen lassen, dass jede Hausfrau ihm seufzende Blicke hinterherwarf, während sie sich wünschte, zwanzig Jahre später geboren worden zu sein. Ich hatte jedoch Mühe, ihn mir als Bankangestellten vorzustellen.

»Ich muss mit ihm sprechen.«

Stöcklin biss sich auf die Lippen.

»Er ist heute Morgen nicht zur Arbeit erschienen.«

»Wo kann ich ihn finden?«

»Ich weiß es nicht.« Sie kam mir immer hilfloser vor.

»Kannst du mir seine Adresse geben?«

Sie richtete sich wieder auf. Einen Augenblick dachte ich, ihre professionelle Haltung käme zurück. Dann aber griff sie in die Tasche ihres Blazers, der über der Stuhllehne hing und holte ihr Handy heraus.

»Du hast die Nummer aber nicht von mir, versprochen?«

Ich nickte und lächelte ihr ermunternd zu. »Keine Sorge, ich werde nichts sagen.«

Etwas interessierte mich aber doch noch.

»Weshalb hast du mir das erzählt?«

Stöcklin antwortete nicht sofort. Sie schien mit sich zu hadern, konnte sich nicht für eine Antwort entscheiden.

»Ich weiß es nicht.«

Ich blickte auf meine Uhr, als ich wieder am Kreisel stand. 12.07 Uhr. Ein Bus rollte zur Haltestelle neben dem Bahnhof. Autoschlangen in beiden Richtungen am Kreisel.

Und jetzt? Stöcklin hatte mir eine ganz neue Seite von Marco gezeigt. Wenn er wirklich mit dem Gedanken gespielt hatte, Eleonore zu verlassen, hätte sie womöglich alles verloren. Haus, Geld, ein gesichertes Leben. Jetzt, wo er tot war, würde sie alles erben. Das war mehr als nur ein Motiv. Aber konnte sich hinter der gebrochenen Person, die ich am Morgen getroffen hatte, wirklich eine Mörderin verstecken? Ich hatte meine Zweifel. Aber immerhin war das eine mögliche Erklärung.

Und was war mit Stöcklin selbst? Was wäre, wenn Marco ihr gesagt hatte, es sei nichts mit ihnen? Dass er seine Eleonore doch nicht für sie verlassen wollte? Hinzu kam, dass sie am selben

Ort arbeiteten. Ein Ende ihrer Beziehung würde für Deborah Stöcklin vielleicht auch bedeuten, dass sie sich eine neue Arbeit suchen müsste. Wie weit konnte eine betrogene Frau gehen, um ihre Ehre zu retten? Ihr plötzlicher Haltungswechsel bei meiner Frage nach Chris' Adresse hatte mir gezeigt, dass hinter ihrem zartgliedrigen Auftritt eine starke Persönlichkeit zu finden war. Unterschätzen würde ich sie keinesfalls. Aber gleich Mord?

Ich ging langsam in Richtung der Verkehrsinsel. Eigentlich hatte ich keine Lust, nach Hause zu gehen. Mein Blick fiel auf den Blumenladen und daneben, auf den Kebab-Laden. Genau das Richtige. Kurzentschlossen überquerte ich den Zebrastreifen und öffnete die Tür. Der Innenraum bestand aus zwei Etagen, die wenige Stufen voneinander trennten. An den oberen Tischen sah ich eine Gruppe Bauarbeiter essen. An einem anderen Tisch saßen zwei Kinder und eine Frau, die eine Cola trank. Direkt vor mir nahm der Bedienungstresen eine ganze Wand ein, darüber waren in schillernden und leicht verblichenen Bildern die einzelnen Speisen abgebildet. Kleine Tische entlang den Fenstern. Ein großer Kühlschrank mit Getränken und ein Flachbildschirm, der Musikvideos zeigte.

Ich gab meine Bestellung einer mit den Augen lächelnden Frau auf, die mich zum Sitzen einlud. Ich könne mir ein Getränk direkt aus dem Kühlschrank nehmen. Sie würde mir meinen Dürüm an den Tisch bringen. Das ließ ich mir nicht zweimal sagen und setzte mich ans Fenster. Gedankenabwesend ließ ich meinen Blick durch das Fenster über die kleine Terrasse schweifen.

Plötzlich kamen mir Zweifel an meinem Vorhaben. Das alles war ein bisschen viel für mich. Erst die Wohnung, dann das Ladenlokal, dann der Kredit. Woher sollte ich denn jetzt die restliche Summe nehmen? Ich konnte an keinen Posten in meinem ausgeklügelten Businessplan denken, den ich einfach so kürzen konnte. Außer vielleicht meinen Lohn. Aber wovon sollte ich dann in der Anfangsphase leben?

Mit einem Lächeln kam die Frau zu mir und stellte einen Teller vor mich hin. Sie sah mich eindringlich an.

»Du nicht so traurig gucken. Bei uns sagt man *Gülü seven dikenine katlanir*. Wer Rose liebt, erträgt auch den Dorn. Und jetzt guten Appetit!«

»Danke.«

Sie nickte, während die Eingangstür aufging und einer Welle kalter Luft den Zugang gewährte. Ich nahm den Dürüm in die Hand und biss herzhaft hinein, während die Frau kopfschüttelnd zur Tür ging und diese schloss. Sie brauchte einige Versuche dazu. Irgendetwas schien mit der Türklinke nicht in Ordnung. Ich beugte mich über meinen Teller, da mir Soße aus den Mundwinkeln tropfte. Als ich wieder aufblickte, den Mund voll mit köstlichen Falafel und Salat und Sauce und Tomaten, sah ich einen grinsenden Donnie vor mir stehen.

»Auch Hunger?« Er zwinkerte mir zu. Mein voller Mund erlaubte es mir nicht, ihm zu antworten. Das musste für ihn komisch aussehen, denn er grinste nur noch breiter.

»Was dagegen, wenn ich mich dazusetze?«

Ich kaute so schnell ich konnte und schüttelte dabei den Kopf. Vorsichtig legte ich den Dürüm wieder auf meinen Teller, aber Donnie war bereits am Tresen und wartete darauf, seine Bestellung aufgeben zu können. Schließlich putzte ich mir mit einer Papierserviette schnell die Finger und den Mund. Das Ganze war schon peinlich genug.

Donnie besaß diese Gabe, immer in den Momenten aufzutauchen, die mir nicht wirklich zum Vorteil gereichten. Als ich ihn nun mit der Frau hinter der Kasse sprechen sah, musste ich mir eingestehen, dass seine Präsenz mich eigenartigerweise entspannte. Er hatte etwas, das mich beruhigte. Auf dem Weg nahm er sich eine Cola aus dem Kühlschrank, öffnete sie und ließ sich mir gegenüber auf den Stuhl fallen. Donnie nahm einen großen Schluck, schraubte den Verschluss der Flasche wieder zu.

»Und, schon etwas herausgefunden?«

KAPITEL 15

Um ein Haar hätte ich mich verschluckt.

»Was?«

Er grinste wieder. »Bist du beim Fall Marco weitergekommen?«

»Wer sagt denn, dass ich mich darum kümmere?«

»Man lässt nicht einfach Croissants vom Bäcker stehen.«

»Ich ... es tut mir leid. Ich hatte meine Verabredung mit der Mitarbeiterin vom Immobilienbüro komplett vergessen.«

»Schon gut. Du hast ja auch viel erlebt, seitdem du wieder hier bist.«

Er nahm einen weiteren Schluck aus der PET-Flasche und schraubte sie wieder zu.

»Iss nur weiter. Kalt schmeckt er nicht mehr so gut. Ich muss wohl ein wenig warten.«

Er drehte sich kurz zum Tresen um.

»Ich habe mit deiner Mutter gesprochen.«

Der nächste Bissen blieb mir fast im Hals stecken. Bloß das nicht. Ich hustete, legte den Dürüm wieder hin.

»Hier.« Er streckte mir eine Serviette entgegen. »Du hast da ...« Er machte eine Geste rund um seinen Mund und grinste. »Ich kenn niemanden, der diese Dinger sauber essen kann.«

Ich räusperte mich.

»Und worüber habt ihr gesprochen?«

»Über dich.« In diesem Moment kam Donnies Döner. Sie stellte eine Portion Pommes dazu.

»Hier, junger Mann.«

»Teşekkür ederim«, sagte Donnie mit einem komischen Akzent.

»Du sprichst Türkisch?«

Einen Augenblick legte die Frau ihre Hände auf Donnies Schultern.

»Das ist guter Mann. Rose, nicht Dorn.«

Donnie tätschelte eine ihrer Hände. »Ach, nicht doch. Die Rose sitzt mir gegenüber.«

Ich spürte, wie meine Wangen rot wurden. Sie lachte und ging zum Tresen zurück, während Donnie herzhaft in seinen Döner biss.

Ich konnte es einfach nicht glauben.

Nachdem er den ersten Bissen gegessen hatte, kam er Hände abwischend auf meine Frage zurück.

»Nun ja, sie hat mir einiges über dich erzählt.«

Das kann ich mir gut vorstellen.

»Und was?«

»Dass deine Beziehung in die Brüche ging, weil er nicht mehr da war für dich. Dass du ein Buchcafé eröffnen willst, was ich eine schöne Idee finde, und dass du gern rosa Pyjamas trugst, als du klein warst. Vor allem mit Teddybären drauf.«

Wie konnte sie nur!

»Aber vor allem macht sie sich Sorgen um dich.«

Er ließ ein Schweigen folgen, das mir die Ernsthaftigkeit der Situation verdeutlichen sollte. Ich hatte schon wieder ein schlechtes Gewissen.

»Meine Mutter ist ...«

»... außergewöhnlich?«, fiel er mir ins Wort.

»Das kann man auch so sagen. Es ist bekannt, dass ihre Nase nie glücklicher ist, als wenn sie in anderer Leute Angelegenheiten steckt.«

»Aber wo sie recht hat, hat sie recht.«

»Was willst du damit sagen?«

»Dass du dir vorgenommen hast, dich mit Marcos Tod zu beschäftigen.«

Ich schwieg.

»Und dass du, hast du einmal eine Idee im Kopf, schlimmer bist als jeder Mops, auch wenn er Ernst heißt. Du lässt einfach nicht mehr locker.«

Ich schwieg weiter.

Donnie seufzte und schnappte sich einige Pommes, die er in Ketchup tauchte.

»Also, was hast du herausgefunden?«

Einen kurzen Augenblick sah ich ihn an, versuchte abzuschätzen, was es mit dem Interesse auf sich hatte. Hilfe könnte ich eigentlich gut gebrauchen. Binnen Sekunden folgte ich meinem Instinkt und berichtete über meine neuen Erkenntnisse. Er nickte ab und zu, aß schweigend weiter.

»Wieso hat Marco dich noch einmal sprechen wollen?« Sein Blick kreuzte meinen und mit einem Mal kam ich mir vor, als wäre ich ein Kleinkind und er mein Lehrer. Das Gefühl behagte mir nicht.

»Wie soll ich das wissen?«

Er nickte.

»Wieso sich mit dir verabreden, wenn er sich umbringen wollte?«

Donnie brachte es auf den Punkt. Genau deshalb hatte ich das Gefühl, dass da etwas nicht stimmte.

»Und die Polizei glaubt nicht an einen Mord?«

»Sie schließen nichts aus.«

»Aber es ist nicht ihre erste Priorität.«

»Nicht, bis sie den Bericht zur Todesursache haben.«

»Und gemäß dir?«

Ich überlegte kurz. »Ich denke, er wurde vergiftet.«

»Gut«, sagte er. »Also wollte er entweder, dass du ihn findest, oder er wusste nicht, was in dem Flachmann war. Und das wiederum führt mich zu der Frage, wer ihm das Gift verabreicht hat.«

Bevor ich antworten konnte, stand unsere Bedienung wieder am Tisch.

»War alles gut?« Sie blickte stirnrunzelnd auf meinen Teller, wo ich gut ein Viertel des Dürüm hatte liegen lassen.

»Alles sehr gut«, beruhigte ich sie. »Aber einfach zu viel.« Ich schenkte ihr ein Lächeln.

»Dürfte ich noch einen Kaffee haben?«

»Kommt sofort.«

Donnie trank die Flasche leer und legte sie neben seinen leeren Teller.

»So ein Flachmann«, er starrte auf seine PET-Flasche, »hat nicht mehr Inhalt als so eine Cola. Also muss er sie regelmäßig auffüllen. Macht er das zuhause?«

Ich überlegte kurz, konnte mir aber nicht vorstellen, dass Marco abends seinen Flachmann füllte und daneben seine Krawatte bereitlegte. Donnie war mit mir darin einig.

»Eher heimlich. Also im Auto oder ...«

»... im Büro.«

Er hob den Zeigefinger als Zeichen der Zustimmung. Der Kaffee wurde serviert. Sie hatte eine kleine Schale mit Schokolade auf den Tisch gestellt.

»Ist gut für Gemüt«, sagte sie, »achtundneunzig Prozent der Menschen haben Schokolade gern, habe ich gelesen. Die anderen lügen. Also keine Entschuldigung dieses Mal!« Entschlossen stellte sie die Tasse auf den Tisch und zwinkerte mir zu. Diese Frau war Gold wert.

Doch bevor ich mir eine nehmen konnte, hatte Donnie sich bereits bedient.

»Also müssen wir herausfinden, wer Zugang zu Marcos Büro hatte«, fuhr er fort.

»Oder wer überhaupt von seinem Flachmann wusste.«

»Genau. Was machst du nun?«

»Ich muss noch meine Aussage machen.«

»Ich kann dich hinfahren, wenn du möchtest? Ich habe mein Auto auf dem Parkplatz gleich gegenüber.«

»Du hast ein Auto?«

»Nun ja, es fährt und macht einen unglaublichen Lärm, aber wenn dich das nicht stört ...«

»Nein, nein ... ich wusste nicht, dass du einen Wagen besitzt.«

»Ein Überbleibsel aus der Familie. Als Student könnte ich mir das Fahrzeug nicht leisten, aber gegen etwaige Ausfahrten und Einkäufe für meinen Großvater, darf ich es benutzen.«

»Praktisch.«

»Dachte ich auch. Also Deal?«

»Deal.«

KAPITEL 16

Donnie entpuppte sich nicht nur als Helfer in der Not. Als ich ihm beim Vorbeifahren mein zukünftiges Buchcafé zeigte, nickte er anerkennend.

»Ein guter Ort. Du wirst Laufkundschaft haben. War früher eine Drogerie. Sie haben zwei Standorte zu einem einzigen zusammengeführt und das wegen der bevorstehenden Pensionierung eines Mitinhabers.«

»Das wusste ich nicht.«

»Leider heißt das nicht, dass auch doppelt so viele Arbeitsplätze bestehen bleiben.«

Konnte ich mir gut vorstellen. Aber dafür konnte ich ja nichts. Schweigend fuhren wir am Einkaufszentrum vorbei, in dem ich am Vortag noch mit Marco gesessen hatte. Als wir beim Verkehrskreisel ankamen, läuteten die Kirchenglocken. Menschen in dunklen Kleidern waren zur Kirche unterwegs. Ich konnte den Bestatterwagen sehen, als Donnie am Zebrastreifen hielt, um die Trauergäste die Straße überqueren zu lassen.

»Eine Beerdigung.« Ich musste an Marco denken. Wann läuteten die Glocken für ihn? So schnell konnte er wohl seinen Frieden nicht finden, da man seine Todesursache näher untersuchen würde.

»Die Glocken klingen nach der Melodie von *Veni Creator Spiritus*. Eines der wenigen Gebete in der Liturgie, das sich direkt an den Heiligen Geist wendet. Die Tonfolge ist übrigens auch diejenige des *Salve Regina*, B, b, f, g und b.«

»Woher weiß man denn so was?«

Er hob die Schultern. »Muss ich irgendwo aufgeschnappt haben.«

»Aufgeschnappt? So so ...«

»Der alte Dorfkern ist faszinierend. Da die alte Kirche zu klein wurde, widmete man den Neubau den Aposteln Petrus und Paulus. Dadurch haben wir etwas gemeinsam mit Orten wie Heilbronn, Klagenfurt oder Weil am Rhein. Links und rechts des Hochaltars stehen übrigens noch die Kirchenfiguren aus der früheren Kirche.«

»Warum die beiden?«

»Nun, da kann ich nur eine Vermutung äußern. Die beiden gelten als Wetterpatrone. Bis in die zweite Hälfte des 19. Jahrhunderts war der Ort agrarisch geprägt. Also Viehzucht, Milchwirtschaft, Gemüseanbau. Daher vom Wetter abhängig. Wenn man des Weiteren bedenkt, dass im Gebiet unterhalb der Kirche sich ursprünglich Gewerbebetriebe angesiedelt haben, die die Kraft des Wassers nutzten, ist das verständlich. Im 19. Jahrhundert gab es sogar zwei Mühlen, eine Schmiede und eine Sägerei.«

»Ich habe zwar lange hier gelebt, aber das wusste ich nicht.«

»Die wenigsten wissen das.« Donnie lächelte und schaltete das Autoradio an, als wir den Ort in Richtung Fribourg verließen.

Wieder musste ich an Marco denken. Und daran, dass ich mit Chris reden musste. Jedem Petrus schließlich sein Paulus.

»Ich habe noch über Marcos Arbeit nachgedacht.«

»Über seine Arbeit?«

»In jedem Krimi stellt sich irgendwann die Frage, wem der Tod am meisten dient. Nun, Marco war der Leiter dieser Bankfiliale, nicht?«

»So wie ich das weiß, ja. Wieso meinst du?«

»Überleg einmal. Wer übernimmt nun die Filialleitung?«

»Könnte das ein Motiv sein, jemanden zu töten?«

»Wenn ich an Motive denke, dann kommt mir als Erstes Rache in den Sinn und dann materielle Bereicherung.«

»Wie du das ausdrückst. Als wäre es eine Statistik.«

»Aber hat etwas oder nicht?«

»Ich weiß zu wenig über die Mitarbeiter der Filiale. Ich habe nur mit dieser Deborah Stöcklin gesprochen. Außer Marco arbeitet dort noch Chris, den ich von früher her kenne. Mit dem muss ich reden. Er war Marcos bester Freund. Ich kann mir aber nicht vorstellen, dass er Marco ermordet hat, um an eine Chefposition zu gelangen. Das klingt nach einem schlechten CSI-Szenario.«

Donnie schwieg.

»Ich werde dich nicht auf den Posten begleiten, wenn das okay ist. Habe noch einiges zu tun und profitiere einfach davon, schnell noch in der Universität vorbeizuschauen.«

»Kannst du mich wieder nach Düdingen fahren?«

»Klar. Am besten gebe ich dir meine Telefonnummer, dann kannst du mich anrufen, wenn du fertig bist.«

Ich holte mein Handy hervor und gab die Nummer ein, die er mir nannte.

»Kannst mich ja schnell anrufen, dann habe ich auch deine Nummer. Nur für den Fall.«

Ich tat, wie er es mir vorgeschlagen hatte.

Minuten später stand ich vor einem Empfangstresen des Polizeipostens Fribourg. Ein junger Mann führte mich durch Flure und über Treppen in einen kleinen Raum, der von einem Tisch beherrscht wurde.

Vier Stühle, weiße Wände.

Als die Tür wieder aufging, stand Thalmann vor mir.

»Schön, dass Sie kommen konnten.«

Ohne Umschweife machte er die Tür hinter sich zu, ließ einen Stapel loser Blätter auf den Tisch fallen, sodass ich zusammenzuckte, und setzte sich mir gegenüber. Während er durch den Papierberg pflügte, entschuldigte er seinen Partner Chollet, und erklärte mir den Ablauf unseres Gespräches.

»Sind Sie damit einverstanden?«

Zum ersten Mal sah er mich nun direkt an. Ich nickte nur.

»Also dann.« Er nahm ein Diktiergerät aus seiner Tasche, sprach Datum, Uhrzeit und seinen Namen darauf und stellte es in die Mitte des Tisches.

»Würden Sie sich bitte zuerst vorstellen? Name, Vorname, Geburtsdatum, Wohnort ...«

Als Thalmann den Rekorder zehn Minuten später abstellte, fühlte ich mich gerädert und ausgelaugt. Ich merkte erst in diesem Moment, wie nahe mir die ganze Geschichte eigentlich ging. Das Wiederholen des Geschehens war schmerzhaft gewesen. Mehrmals musste ich dabei mit den Tränen kämpfen.

»Das hätten wir. Sie können das morgen hier unterschreiben kommen. Ich habe da noch einige Fragen an Sie, wenn Sie nun schon mal hier sind.«

Die Anspannung kam zurück.

»Wissen Sie, warum Marco Sie noch einmal treffen wollte?«

»Das ist eine Frage, die ich mir die ganze Zeit stelle.«

»Sie wissen es also nicht?«

Ich schüttelte den Kopf. Thalmann blätterte in seinem Stapel.

»Kennen Sie einen Christophe Häni?«

»Ja.«

»Wann haben Sie ihn zum letzten Mal gesehen?«

Ich überlegte kurz. »Vor Zwölf Jahren etwa.«

Thalmann blickte auf, musterte mich eindringlich, dann senkte er den Blick wieder.

»Kennen Sie einen Vincent Aubrey?«

»Nein, wer ist das?«

Er überging meine Frage.

»Kennen Sie eine Frau Deborah Stöcklin?«

»Ja, sie kümmert sich nun um meine Kreditanfrage bei der Bank, wo Marco arbeitete.«

Er nickte.

»Ich habe eben noch mit ihr gesprochen. Wissen Sie, dass Marco und sie ein Verhältnis hatten?«

»Ein Verhältnis?« Er sah mich ohne großes Interesse an. Oder spielte er das nur?

»Marco wollte seine Frau für sie verlassen.«

»Hat sie Ihnen das gesagt?«

Ich nickte.

»Aha«, war das Einzige, was er antwortete.

»Sonst noch etwas?«

»Marco wurde mit Sicherheit ermordet. Sehr wahrscheinlich vergiftet.«

»Woher wollen Sie das wissen?«

»Menschen, die sich umbringen wollen, verabreden sich nicht nach ihrem Tod mit jemandem.«

Thalmann lehnte sich einen kurzen Augenblick zurück, verschränkte die Arme hinter dem Kopf und sah zur Decke hoch.

»Und weiter?«, fragte er.

»Sehr wahrscheinlich war das Gift im Flachmann. Meine Finger rochen nach Whiskey, nachdem ich versucht hatte, Marcos Puls zu fühlen, da war nichts mehr.«

Thalmann fuhr sich mit der rechten Hand über den Mund, setzte sich mir dann wieder aufrecht gegenüber.

»Frau Birbaum. Sie wissen schon, dass das eine offizielle Untersuchung ist? Ich meine, wenn Ihre Theorie stimmt, dann läuft da draußen ein Mörder herum. Das könnte gefährlich werden. Zurzeit jedoch fehlen uns jegliche Informationen betreffend der Todesursache. Sollte man dort Unstimmigkeiten feststellen, werden wir das natürlich auch in Betracht ziehen.«

»Aber ...«

»Dass Marco Stucky ab und an zu Alkohol griff, wissen wir bereits. Auch dass er aufgrund seines Herzinfarktes vor drei Jahren eine

Herzschwäche hatte. Aber das bedeutet noch nicht, dass er eines gewaltsamen Todes gestorben ist.«

»Wie erklären Sie sich dann den anonymen Anruf, den Sie bei der Polizei wegen eines Lieferwagens erhalten haben, der wie per Zufall neben Marcos Auto stand?«

Thalmann zog die Augenbrauen in die Höhe.

»Welchen Anruf?«

»Daniela hat mir gesagt, sie seien auf den Parkplatz gerufen worden, um einen Lieferwagen zu kontrollieren, der dort schon einige Tage stand. Per Zufall genau zur selben Zeit, wo ich mich mit Marco treffen sollte.«

Ich wurde langsam wirklich wütend. Wie konnten sie diese Offensichtlichkeiten einfach übergehen? Thalmann brachte das nicht aus der Fassung.

»Wir werden dem nachgehen, Frau Birbaum. Ich bitte Sie allerdings, sich tunlichst aus dem Ganzen herauszuhalten. Ach ja, und bevor Sie gehen, bräuchten wir noch Ihre Fingerabdrücke. Wegen des Ausschlussverfahrens.«

KAPITEL 17

»Die glauben mir einfach nicht«, beklagte ich mich kurz darauf lautstark in Donnies altem Renault. »Ich meine, wie können die nur davon ausgehen, dass Marcos Tod Zufall war? Es gibt so viele Indikationen, die auf einen Mord hindeuten.«

»Sie müssen auch ihren Vorschriften folgen, Valerie. Nur weil sie nicht auf deine Erläuterungen eingegangen sind, heißt das nicht, dass sie sie als Unsinn abtun.«

Donnie verstand meine Frustration auch nicht. Ich schwieg. Enttäuschung machte sich in mir breit.

»Was willst du jetzt tun?« Er warf mir einen kurzen Blick zu.

»Ich muss zur Gemeinde, um mich anzumelden.«

»Und dann?«

»Dann brauche ich eine Auszeit.«

»Ist deine Mutter da?«

Ich nickte, was ihn zu beruhigen schien.

Wieso hatten alle das Gefühl, man müsse nach mir schauen? Ich bin über vierzig …

Den Rest der Fahrt sprachen wir nicht mehr miteinander. Erst als ich seinen roten Wagen nicht mehr sehen konnte, holte ich mein Handy heraus und versuchte, Chris zu erreichen. Ohne Erfolg. Was nun? Ich biss mir auf die Lippen und blickte mich um. Gegenüber diskutierten zwei Männer neben einem blauen Wagen vor der ›Zentrum Garage‹. Ein weißer Jeep tankte daneben. Hinter mir die Stufen zum Gemeindegebäude. Das musste ich eigentlich auch noch erledigen. Aber etwas war fast noch wichtiger. Wusste Eleonore, dass Marco trank? Wusste sie von Stöcklin?

Entschlossen wandte ich mich zum Gehen und quälte mich Minuten später wieder den Hang zu Eleonores Haus hoch.

Auf mein erstes Klingeln antwortete niemand. Ich trat einen Schritt zurück, blickte kurz um die Ecke, dann zum Haus gegenüber. Aber diesmal hingen die Vorhänge bewegungslos an den Fenstern.

Ich klingelte erneut.

»Ich bin schon unterwegs!«, hörte ich Eleonore rufen. Kurz darauf machte sie mir die Tür auf. Sie trug einen roten Bademantel, der viel zu groß war für sie. Ihre Augen waren halb geschlossen.

»Ja?« Sie roch nach Alkohol.

»Oh!« Ihre Augen weiteten sich kurz. »Komm rein.«

Mein erster Blick galt dem Boden im Eingang. Keine Schuhe, keine Sabine. Dann sah ich das Glas, das Eleonore in der Hand hinter der Tür versteckt gehalten hatte.

»Whiskey?«, fragte ich. Sie sah mich stumm an, als müsste meine Frage zuerst den Weg in ihre Gedanken finden.

»Willst du auch einen?«, fragte sie schließlich. Ich schüttelte den Kopf, worauf sie mich einfach stehen ließ. Im Wohnzimmer bekam ich Gewissheit. Eine offene Flasche stand auf dem Couchtisch. Sie stellte das Glas daneben und setzte sich. Dabei fielen die Enden des Morgenmantels auseinander und entblößten ihre weißen Beine. Ich hatte plötzlich Mitleid mit ihr.

»Wie geht es dir?«

Sie sah mich eindringlich an, lachte dann.

»Komische Frage. Alles in Ordnung. Sieht man doch, oder nicht? Ich trage den Bademantel meines Mannes, habe ein schönes Haus, nichts zu tun und eine Flasche guten Whiskeys. Was will man da mehr?«

Ich biss mir auf die Lippen. Vielleicht war das doch nicht so eine gute Idee gewesen, noch einmal herzukommen.

»Das Haus gehört dir?«

Sie blickte mich ungläubig an, lachte dann wieder laut heraus.

»Natürlich. Ist alles meins hier. Marco hat mich zwar verlassen, kann mir aber das nicht wegnehmen. Niemals. Das Haus gehört mir, das Auto, alles.« Mit einer runden Geste zeigte sie mir den ganzen Raum.

»Ich verstehe nicht.«

»Wie kannst du auch? Marco besaß nichts außer seiner Kleidung.«

»Aber er leitete die Bankfiliale ...«

»Und deshalb war er reich?« Sie lachte schnippisch. »Er hatte keinen Rappen. Aber was nützt mir das nun?«

Sie griff nach ihrem Glas und gab mir dabei einen großzügigen Einblick in ihr Dekolletee, nahm einen kräftigen Schluck.

»Ich war bei der Polizei. Sie denken, Marco hat getrunken.«

»Na, und?«

»Du weißt davon?«

»Natürlich. Er hat jeden Abend getrunken. Hier, auf der Terrasse, wenn es warm genug war.« Sie deutete mit dem Glas in Richtung des Gartens. So viel also zu meiner Theorie vom heimlichen Trinken.

»Hatte er eine Vorliebe für Whiskey?«

Ich lehnte mich nach vorn und begutachtete die Flasche. Sie sah mir zu, wie ich die Flasche wieder hinstellte.

»Wir tranken aus derselben Flasche. Immer. Vielleicht das Einzige, was uns geblieben ist. Ach, wie ich ihn hasse!« Sie stellte das Glas so heftig hin, dass ich einen Augenblick fürchtete, es könnte ihr in der Hand zerspringen.

Ruckartig stand sie auf, tigerte hin und her, ohne sich dabei bewusst zu sein, dass der Gurt des Bademantels sich immer mehr löste. Erst als er auseinanderklaffte, hielt sie inne. Ich konnte sehen, dass sie nichts darunter trug. Seufzend ließ sie sich wieder auf die Couch fallen, griff nach der Flasche und schenkte nach.

Nach einem weiteren Schluck hatte sie sich wieder so weit beruhigt, dass sie mich ansehen konnte.

»Und was gibt es sonst Lustiges?«

»Hatte Marco eine Affäre?«

Ihre Augenbrauen gingen in die Höhe, während sie die Antwort in der braunen Flüssigkeit in ihrem Glas suchte.

»Eine Affäre?«, wiederholte sie. Mit einem Mal wich die Anspannung aus ihrer Körperhaltung. Schwerfällig stellte sie das Glas hin.

»Ich weiß es nicht«, flüsterte sie. Eleonore richtete sich auf, drehte den Kopf nach links und rechts. Etwas knackste in ihrem Rücken.

»Vielleicht. Wieso auch nicht?«

Sie lehnte sich zurück, blickte aus dem Fenster.

»Wollte Marco dich verlassen?«

Sie sah mit müden Augen zu mir hinüber und ich merkte, dass sie nicht mehr wirklich bei mir war.

»Verlassen? Mich?« Ihr Kopf fiel ein erstes Mal zur Seite. Sofort richtete sie sich wieder auf. Aber die Augenlider waren schwer. Ihr Kopf drohte nun, nach vorn zu kippen.

Ich stand auf und half ihr, sich hinzulegen. Sie murmelte vor sich hin, als ich sie mit einer Decke zudeckte. Verstehen konnte ich nichts davon. Das war aber auch nicht mehr so wichtig. Dass Eleonore litt, konnte ich nicht nur sehen. Den Schmerz spürte ich sogar fast körperlich. Und als sie nun die Augen schloss, bettete ich ihren Kopf noch einmal auf dem Kissen, stellte dann das Glas und die Flasche in die Küche und verließ das Haus.

KAPITEL 18

Marcos Tod hatte anscheinend alte Wunden aufgerissen. Eleonore tat mir leid. Natürlich war ihre Ehe nicht so verlaufen, wie sie es sich vielleicht vorgestellt hatte, aber Marcos Tod hatte allem einen bitteren Nachgeschmack gegeben, den alle Whiskeys der Welt nicht vergessen machen würden. Konnte sie Marco vergiftet haben? Sie benutzten dieselbe Flasche zum Trinken. Ein Symbol dafür, was ihnen als Paar noch übrig blieb? Oder wollte sie mir etwas anderes damit sagen? Jedenfalls konnte Marco die Flasche nicht zuhause aufgefüllt haben, sonst wäre Eleonore nun auch tot.

In Gedanken versunken schlenderte ich die Straße entlang, nicht wirklich gewahr, was um mich herum passierte. Oder eben nicht passierte. Was nicht passiert ist. Plötzlich kam mir eine ganz andere Erklärung für den Tod Marcos.

Angenommen, Marco hatte die Flasche am Morgen von zuhause ins Büro mitgenommen. Da er über Mittag mit Chris zusammen essen gegangen war, konnte ich mir durchaus vorstellen, dass er ein Glas Bier oder Wein getrunken hat. Bevor er das Büro verließ, um mich zu treffen, hat er dann den Flachmann aufgefüllt und auf dem Parkplatz einen kräftigen Schluck getrunken. Wäre das so geschehen, könnte es durchaus sein, dass nicht Marco hätte sterben sollen, sondern Eleonore. Vielleicht war die Flasche für sie gewesen.

Mittlerweile hatte ich den Dorfkern erreicht und ging am Schuhgeschäft vorbei in Richtung Bahnhof. Der Vorabendverkehr rollte neben mir durch. Auto an Auto.

Und wenn Marco Eleonore umbringen wollte, um an das Geld heranzukommen? War das der Fonds, von dem er gesprochen hatte? Meine Nackenhaare stellten sich plötzlich auf. Wie konnte es dann aber sein, dass er die vorbereitete Flasche mitgenommen hatte?

Grübelnd betrat ich das Einkaufszentrum mit der Post und der Bank. Etwas vor mir erkannte ich Stöcklin, begleitet von Sabine und einem dunkelhaarigen Mann, den ich noch nie gesehen hatte.

»Deborah!«, rief ich und alle drei blieben stehen. Sie sah noch blasser aus als in ihrem Gesprächszimmer. Da sie stand, bemerkte ich ihre etwas gekrümmte Haltung. Als hätte sie Schmerzen.

»Oh, Valerie, hallo.«

Sabine nickte nur kühl während mich der Mann von oben bis unten musterte. Ich kam mir vor, als hätte ich ein wichtiges Gespräch unterbrochen.

»Oh«, sagte Stöcklin, »das ist Vincent Aubrey, mein Bruder.«

Der Mann lächelte mir zu. Er trug ein weißes Hemd, einen blauen Blazer, keine Krawatte. Ein spitzes Kinn, hellblaue Augen, eine hohe Stirn, die grauenden Haare nach hinten gekämmt. Die Intensität seines Blickes wurde durch die Ringe unter den Augen auf unangenehme Weise verstärkt. Als blicke er durch mich hindurch. Da waren ein Interesse und eine Offenheit in ihnen, die ihn auf mich attraktiv wirken ließ.

»Hallo. Deborah hat mir schon viel über dich erzählt. Schlimme Sache mit Marco.«

Schlimme Sache?

»Was führt dich denn hierher?«, fragte Sabine. Ich sah sie kurz an, verkniff mir aber dann eine

Bemerkung. »Ich wollte noch schnell was einkaufen. Und dann geht es nach Hause.«

»Wo hast du denn etwas gefunden?«, wollte Aubrey wissen.

»In der Brugerastraße, gegenüber dem Wolfacker.«

»Gleich neben dem Vitaparcours? Sind schöne Wohnungen dort.«

»Du kennst die Wohnungen?«

»Durfte schon einmal in einer stehen, ja.«

Stöcklin krümmte sich ein wenig. Ich konnte ihre Schmerzen fast fühlen.

»Was hast du?«, fragte ich sie.

»Nichts«, presste sie durch die Zähne. »Alles ist gut. Vincent wird mich heimbringen.«

»Hast du Schmerzen?«

»Alles ist gut, sag ich dir.« Ihre Stimme begann einen aggressiven Unterton zu haben, den ich von ihr nicht kannte. Ich blickte ihr kurz in die Augen. Sie senkte den Blick.

»Nun denn ...«

»War schön, dich kennengelernt zu haben«, sagte Vincent.

»Schönen Abend«, wünschte mir Sabine. Ich sah ihnen nachdenklich nach, wie sie zu dritt das Zentrum verließen.

Da stimmte etwas nicht.

Deborah schien es nicht gut zu gehen. Blasse Haut, aufgedunsene Gesichtszüge, Schmerzen in der Bauchregion, Schweißausbrüche, vielleicht Übelkeit ...

Sie ist schwanger!

Ein Gefühl der Hilflosigkeit überkam mich. Ich ließ meinen Blick über die Kassen des Supermarktes gleiten, sah auf der anderen Seite die Drogerie und den Kiosk, der auch Blumen anbot, den Kleiderladen, die Poststelle. Überall ging das Leben weiter, nur in meinem Kopf schien es schlagartig still geworden zu sein. Und diese Einsamkeit veranlasste mich, alles so schnell wie möglich hinter mir zu lassen.

Aus meiner Wohnung drangen verärgerte Stimmen.

Zwei Männer schienen sich zu streiten. Der Ton wurde immer aggressiver, während ich nach meinen Schlüsseln suchte. Ich horchte, konnte aber nicht verstehen, was gesagt wurde. Was war da los? Beim ersten Versuch fielen mir die Schlüssel zu Boden. Ich fluchte und hob sie wieder auf, während es in meiner Wohnung immer heftiger diskutierte. Mein Herz schlug mir bis zum Hals, als ich die Tür schließlich aufmachte. Nach zwei Schritten blieb ich wie angewurzelt stehen.

Ich hätte fast über mich selbst gelacht. Meine Mutter setzte sich mühsam auf, die Augen noch ganz verschlafen und stellte den Fernseher leiser.

»Hallo«, sagte sie und gähnte.

»Hallo.« Ich machte die Eingangstür zu und entledigte mich meiner Jacke. Viel geändert hatte sich in meiner Wohnung nicht. Bärbel hatte die Kisten vor dem Sofa lediglich weggeschoben, um den großen Fernseher anzuschließen. Zwei Männer stritten sich in einer TV-Serie. Ernst tauchte aus meinem Schlafzimmer auf und kam mich freudig begrüßen. Keine Spur von Hemingway. Die Küche sah immer noch aus, als hätte eine Bombe eingeschlagen.

Meine Mutter folgte meinem Blick.

»Ich kann nicht alles hier tun, während du da draußen Detektivin spielst.«

Ich hatte keine Kraft mehr, mich auf eine Auseinandersetzung einzulassen.

»Aber ich habe etwas für dich. Komm.«

Ich folgte ihr zum Badezimmer. Als sie das Licht einschaltete, kamen mir beinahe die Tränen. Die Badewanne war hergerichtet mit Kerzen, einem Tablett mit einem Glas Wein. Verschiedene Badekugeln in einem Körbchen.

Bärbel hatte einen Bademantel auf dem Toilettensitz gelegt und Kerzen standen da.

»Ich dachte ... nach all dem ...«

Ich war sprachlos und von Dankbarkeit erfüllt.

»Das ist ... unerwartet.« Ich wusste nicht, was ich sagen sollte. Die Überraschung war ihr gänzlich gelungen. Die Situation überforderte mich.

»Ein Danke hätte gereicht«, kam es spitz zurück. Sie gab mir ein Feuerzeug mit langem Hals.

»Und während du deine Auszeit genießt, kann ich in Ruhe meine Serie fertig schauen.«

»Du hast geschlafen Mutter.«

»Ich mach manchmal die Augen zu, um besser verstehen zu können. Solltest du auch einmal versuchen.«

Sie beugte sich über die Badewanne und öffnete den Wasserhahn. Dann nahm sie eine kleine Fernbedienung aus der Schale mit den Badekugeln und zielte zum Spiegelschrank. Kurz darauf ertönte leise Musik.

»Danke.«

»Viel Spaß«, sagte sie, als sie die Tür hinter sich schloss. Ich blickte mich um, zündete die Kerzen an, roch an den Badekugeln, wählte schließlich eine aus, die nach Kiefer roch und viele eingearbeitete Kräuter und Blumen hatte.

Als ich mich dann ins heiße Wasser gleiten ließ und den ersten Schluck Wein zu mir nahm, gab es nichts mehr außer diesem kleinen Badezimmer und mir.

KAPITEL 19

Es blieb die Erinnerung an chaotische Träume, eine zerstreute Schwerfälligkeit. Das Gefühl, die ganze Nacht gerannt zu sein. Wovor ich flüchten musste, wusste ich allerdings nicht mehr.

Benommen fuhr ich mir mit der Hand übers Gesicht. Hemingway jammerte, als ich mich aufrichtete. Das Sofa war nicht wirklich bequem, wenn ich der stumpfen Empfindung in meinem Rücken trauen durfte. Ich war auch nicht mehr die Jüngste.

»Hallo, Hemi.« Die Katze streckte sich und rieb ihren Kopf an meiner Hand. Ihr Schnurren holte mich in die Gegenwart zurück. Ein Blick auf mein Handy. Acht Uhr. Mein sechster Tag in Düdingen. Ich seufzte und ließ mich zurück auf die Couch fallen, was Hemingway mit Freude zur Kenntnis nahm und sich mitten auf meiner Brust ablegte, die Augen geschlossen, den Kopf meiner Hand folgend. Einmal unter dem Kinn, einmal hinter den Ohren, ein bisschen auf der Nase. So einfach konnte das Leben sein. So friedvoll wie ein Mittwochmorgen in einer Wohnung, die mehr einem Schlachtfeld ähnelte als einem Zuhause. Ich musste heute unbedingt etwas unternehmen, um die Umzugskisten auszupacken.

Die Tür zum Schlafzimmer öffnete sich. Mit einem Satz war Hemingway fort und Ernst zu meinen Füssen. Schlürfende Schritte, hechelnde Erwartungen. Die Kaffeemaschine gluckste und mahlte, als meine Mutter sie anstellte. Dann die Tür des Badezimmers. Ich hörte, wie die Klospülung ging, dann das Wasser der Dusche, während ich mich seufzend von der Aussicht auf weitere Minuten Kuscheln mit Hemingway verabschiedete. Ich ließ mir die Finger von Ernst abschlecken, der dann vor der Badezimmertür Wache halten ging.

In der Küche holte ich eine meiner Tassen aus dem Schrank und blickte zum Fenster hinaus. Ein schöner Tag kündete sich an. Blauer Himmel war zu sehen. Von meiner Küche aus hatte ich freien Blick in Richtung des Schulhauses und des Pflegeheims. Zu meiner Linken zeigte sich ein Teil des Brugeraholzes, wo auch der von

Vincent erwähnte Vitaparcours zu finden war. Und während meine Mutter fertig duschte und der Kaffee in meine Tasse lief, entschied ich, mir eine kleine Auszeit zu gönnen. Ein kleiner Umweg durch den Wald würde mir guttun.

Meine Mutter schien nicht sonderlich glücklich darüber zu sein, dass ich schon wieder allein unterwegs war, zeigte es aber nur in den einsilbigen Antworten, die ich auf meine Fragen erhielt. Ich versprach ihr, dass wir bald mehr Zeit zusammen verbringen würden.

Die Luft war kälter als erwartet. Es hing ein Versprechen auf Schnee in der Luft. Nichts regte sich auf dem Pfad, als ich die ersten Bäume hinter mir ließ und in den Wald hineinging. In der Ferne hörte ich den Verkehr. Eine Sirene erklang irgendwo auf der Autobahn. Ansonsten umgab mich das Schweigen der Bäume. Meine Schritte knirschten leicht auf dem kalten Untergrund. Das Geräusch verband mich mit dem Leben. Ich atmete tief durch, machte die Augen einen kurzen Moment zu, um die Kälte auf meinem Gesicht besser wahrnehmen zu können. Ich spürte in mich hinein. Die Freude war da. Diese Lust, das Leben zu genießen. Trotz allem, was passiert war.

Aber da war noch etwas anderes.

Etwas Dunkleres, das ich nicht erfassen konnte. Ich blieb stehen und blickte über die Schulter. Da war niemand. Wieso hatte ich das Gefühl, nicht mehr allein zu sein? Schlagartig machte sich Unsicherheit in mir breit. War es wirklich eine gute Idee gewesen, einen Umweg zu machen? Ich beschleunigte meine Schritte, aber das Gefühl blieb bei mir. Mehrmals schaute ich zurück, konnte aber nichts Verdächtiges erkennen. Meine Fantasie drehte mit mir durch. Hier war niemand.

Der Pfad machte eine Biegung und führte weiter in den Wald hinein. Ich bekam Gänsehaut, rannte fast, strauchelte, fing mich im letzten Moment auf und blieb stehen. Das war doch lächerlich. Ich stellte mir jemanden vor, der mich jetzt beobachtete. Wie das wohl aussehen musste.

Ich blinzelte durch die Baumreihen und ahnte die Häuser des nahen Dorfes. Ich nahm tief Luft und ging entschlossen weiter, als ich etwas hinter mir rascheln hörte. Und da war es schon zu spät.

Jemand stieß mich in den Rücken, dass ich der Länge nach hinfiel. Ich spürte, wie sich mir etwas Schweres in den oberen Rücken bohrte. Der Sturz drückte alle Luft aus meinen Lungen und das plötzliche Gewicht erlaubte mir lediglich, nach Luft zu schnappen wie ein Fisch an Land. Ich konnte mich vor Schreck nicht mehr bewegen. Dann spürte ich einen warmen Atem an meinem Ohr. Der Hauch ließ meine Instinkte vollends in Angst erstarren.

»Hör genau zu, denn ich werde das nur einmal sagen.« Der Klang der Stimme war kalt und hart. Die Stimme flüsterte, was die Drohung noch schlimmer machte. »Halt dich aus der Sache raus. Du weißt nicht, wo du deine Nase hineingesteckt hast, hörst du?«

Er sprach langsam und betonte jedes Wort.

»Hast du verstanden?«

Ich nickte.

»Wenn ich jetzt loslasse, dann bleibst du so liegen, verstanden?«

Erneut nickte ich kurz. Einige Sekunden blieb der Druck auf meinem Rücken bestehen. Dann explodierte der Schmerz in meinen Rippen. Ein Faustschlag seitlich, sehr kräftig. Ich schloss die Augen und krümmte mich, schnappte nach Luft. Hastige Schritte, sie entfernten sich. Tränen kamen hoch und liefen mir übers Gesicht. Der Schrecken saß mir tief in den Knochen. Langsam nur bemerkte ich die Kälte des Bodens, die durch meine Kleider hindurch kroch, wie

Würmer. Ich versuchte, mich aufzurichten, setzte mich nur mit Mühe hin. Meine Hüfte schmerzte. Ich hatte immer noch Mühe zu atmen.

Schritte auf dem Weg. Mit einem Mal war ich hellwach. Kam der Mann zurück? Schnell sah ich mich um, griff nach dem erstbesten Holzstück, das ich zu fassen bekam. Die Schritte kamen näher. Ich hob drohend den Ast, bereit, die Beine des Fremden zu zerschmettern. Ein roter Jogginganzug erschien. Und das verschwitzte, hochrote Gesicht von Donnie. Er schrie auf und machte einen Satz zur Seite.

Ich ließ das Stück Holz fallen, während Donnie versuchte, seinen Atem wieder in den Griff zu kriegen. Ich musste ihn zu Tode erschreckt haben.

»Was ... um ... Himmels ... Teufel ...?«, keuchte er und stützte seine Hände auf den Knien ab.

»Ich ...«

»Was ... tust du da?«

»Ich dachte, er kommt zurück.«

»Wer kommt zurück?«

Für einen ganz kurzen Augenblick wusste ich nicht, ob ich ihm das erzählen wollte. Tränen füllten meine Augen, was ihm nicht entging. Er ging neben mir in die Knie.

»Was ist passiert?«

»Es tut mir leid«, gab ich leise zur Antwort.

»Machst du das öfters?«

»Nein, ich ...« Mit wenigen Worten fasste ich das zusammen, was mir eben passiert war. Er hörte mir aufmerksam zu und blickte sich dabei verstohlen um.

»Du hast ihn nicht erkannt?«

Ich schüttelte den Kopf.

»Ich weiß nur, dass es ein Mann war.«

Donnie hatte seinen Atem mittlerweile wieder im Griff.

»Du solltest das der Polizei melden.«

Er stand auf und hielt mir die Hand hin.

»Ist schon gut. Mir geht es gut.«

Ich ließ mich hochziehen.

»Er hat dich bedroht und geschlagen und wer weiß, was er noch gemacht hätte, wenn ich nicht gekommen wäre.«

»Du?« Aber er hatte recht. Vielleicht hatte mein Angreifer Donnie kommen hören und war deshalb so schnell verschwunden. Mir richteten sich die Nackenhaare auf, als ich mir vorstellte, was mir noch hätte zustoßen können. Meine Knie gaben nach und ich setzte mich erneut auf den Boden. Donnie setzte sich neben mich. Er dampfte in seinem roten Anzug.

»Alles gut, ja?«

Ich nickte schwach.

»Komm, ich begleite dich heim.« Er nahm mich beim Arm und half mir aufzustehen.

»Ich will nicht heim. Ich wollte ins Dorf.«

Er blickte mich eindringlich an, als schätzte er ab, wie viel Zeit es brauchen würde, um mich umzustimmen. Schließlich gab er mit einem Seufzer nach.

»Wie du willst, Miss Marple.«

KAPITEL 20

Der Schrecken saß mir noch in den Gliedern, als ich endlich im kleinen Café im Kiosk saß, und mich mit einem heißen Kaffee aufwärmte. Donnie hatte mehrmals nachgefragt, ob es mir gutginge und mich erst allein gelassen, als wir wieder auf geteerten Straßen gingen. Er wäre verschwitzt und im Trainingsanzug ins Café gekommen, hätte ich ihn darum gebeten. Nun zitterte ich wieder. Meine Nerven hatten den Vorfall noch nicht wirklich verarbeitet. Erst jetzt wurde mir wirklich bewusst, in welcher Gefahr ich mich befunden hatte.

Wäre Donnie nicht gekommen ...

Ich verbot mir, den Gedanken zu Ende zu bringen. So schnell konnte mich niemand einschüchtern. Trotzdem fühlte ich mich, als läge ein Marathon hinter mir.

Das Kommen und Gehen der Gäste beruhigte mich nach und nach. Einige sah ich nun zum wiederholten Mal. Vorsorglich stellte ich meine Tasse ab, legte die Hände in den Schoß. Das Zittern war mir peinlich, sollte mich jemand beobachten. Da war definitiv mehr als nur Marcos Tod. Ich hatte mit meinen Fragen etwas in Gang gesetzt und war jemandem deutlich zu nahe getreten. Aber wem? Und weshalb?

Donnie hatte recht, ich musste es der Polizei melden. Konnte ich Thalmann vertrauen? Eher nicht. Ich holte mein Handy hervor, schrieb eine Nachricht, löschte sie wieder, begann von vorn. Mit einem Seufzer schickte ich sie schließlich an Daniela ab. Sie würde mich als Frau verstehen. Während ich meinen Gedanken nachhing, bemerkte ich die Frau erst, als sie an meinem Tisch innehielt.

»Ist da noch frei?«

Ich blickte auf und sah eine ältere Frau vor mir stehen. Ihr Gesicht dominierte eine Nase und zwei aufgeweckte grüne Augen, die im kompletten Gegensatz zu ihrer ansonsten faltenreichen Haut standen. Ein grober Mantel, der sicherlich sehr warm gab, ein grüner Schal um den Hals. Ich nickte, legte mein Handy neben meine Tasse.

»Natürlich.«

»Danke«, sagte sie freundlich, während sie das graue Tablett auf den Tisch stellte. Als sie sich des Mantels entledigt und die Gehhilfe an den Nebenstuhl gehängt hatte, nahm sie mir gegenüber Platz. Sie trug einen grauen Rock zu einem grauen Pullover.

»Sie sind die Frau, die den Stucky gefunden hat, nicht wahr?«

»Woher ...?«

Sie gab Zucker in ihren Cappuccino und begann zu rühren.

»Ich lebe schon viel zu lange hier, um ... ach lassen wir das.«

Sie nahm den Löffel aus der Tasse und legte ihn daneben.

»Es musste so kommen, wissen Sie. Da können Sie nichts dafür.«

»Wie meinen Sie das?«

»Sie sind doch die Tochter Zumstein, nicht wahr?«

Ich nickte.

»Dann haben Sie ihn noch gekannt, als er normal war.«

Ich war verwirrt.

»War er denn nicht mehr normal?«

»Geld verändert die Menschen, wissen Sie. Manche mehr, andere weniger.« Sie machte eine kurze Pause, nahm einen Schluck Kaffee.

»Er war schon immer ein Abenteurer gewesen, das schon. Aber je älter er wurde, desto schlimmer wurde es. Als könnte er etwas verpassen.«

Ich hatte keine Lust, mehr zu erfahren. Sie schien das zu spüren.

»Ich wollte Ihnen nicht zu nahe treten.«

»Ist schon gut«, gab ich zur Antwort.

Sie nickte mir wohlwollend zu.

»Das ist ein schönes Projekt, das Sie da haben.« Sie wechselte das Thema.

»Das Buchcafé?«

»Ja. Die Hauptstraße stirbt langsam ab. Ein bedrückendes Bild. Bald gibt es hier nur noch Immobiliengeschäfte und Versicherungen. Ich kann mich an eine Zeit erinnern, wo es noch einen Metzger gab.«

Sie überlegte einen Moment. »Es gab auch eine Käserei. Da war sogar ein Uhrenmacher und ein Lederwarengeschäft gewesen. Die Zeiten haben sich eben geändert.«

Ich nahm meine Tasse wieder zur Hand.

»Wieso sind Sie zurückgekommen?« Sie blickte mir nun direkt in die Augen. Die Frage kam so überraschend, dass mir die Worte fehlten. Ein dicker Kloß saß mir im Hals. Ich spürte die Tränen und versuchte, meine plötzliche Gemütsregung in den Griff zu bekommen.

Und da geschah etwas Seltsames. Die alte Frau nickte nur, gutmütig und warmherzig. Sie hatte intuitiv begriffen, um was es ging.

»Man sollte nie vergessen, wo seine Wurzeln sind, egal wie groß einem die Flügel wachsen.«

Sie trank einen letzten Schluck aus der Tasse und stand auf.

»Ich ...«, setzte ich an.

»Schon gut«, unterbrach sie mich. »Es ist Zeit für mich. Und für Sie auch.«

»Zeit wofür?«

»Sie warten doch auf jemanden, nicht?«

Wie konnte sie das wissen? Ich hatte ihr nichts gesagt. Ich blickte mich um, konnte aber Daniela nirgends sehen.

»War schön, mit Ihnen zu sprechen«, sagte sie.

Sie hatte ihr Tablett noch nicht der Frau hinter der Theke übergeben, als Daniela den Kiosk betrat.

KAPITEL 21

»Du siehst aus, als hättest du einen Geist gesehen«, begrüßte sie mich fröhlich und legte ihre Jacke mir gegenüber über die Stuhllehne.

»Oder zwei ...« Ich konnte meine Augen nicht von der alten Dame lassen, die nun gemächlich den Ort verließ. Sie folgte meinem Blick.

»Wer ist das?«

»Wenn ich das wüsste.«

»Aha.« Sie legte eine Mappe auf den Tisch.

»Ich hole mir schnell einen Kaffee. Möchtest du noch etwas?«

Ich schüttelte den Kopf. »Danke.«

»Selbst schuld.«

Ich sah, wie sie an der Kasse auf ihren Kaffee wartete und einige Worte mit der Inhaberin wechselte. Sie lachten. Zum ersten Mal sah ich Daniela in zivil. Ihre offenen Haare fielen ihr golden über die Schultern. In ihrem weißen

Pullover sah sie feminin aus. Er stand ihr gut. Kurz darauf setzte sie sich zu mir.

»Du hattest recht.«

»Womit?«

»Nun ... das bleibt unter uns, ja?«

»Natürlich.«

»Marco starb durch Atemlähmung. Wir haben den Bericht des toxikologischen Instituts erhalten, in dem der restliche Inhalt des Flachmanns untersucht worden war. Sie konnten Spuren von Atropin feststellen.«

»Was ist das?«

»Atropin wird in der Notfallmedizin verwendet, zum Beispiel in der Reanimation. Oder in der Augenheilkunde, um die Pupillen vor einer Untersuchung zu vergrößern. Die Wirkung auf Herz und Kreislauf können schon in geringen Dosen zum Risiko werden. Zu den Symptomen gehören Herzrasen und Halluzinationen, dann Bewusstlosigkeit und schließlich der Tod durch Atemlähmung.«

»Demnach ist Marco ermordet worden.«

»Nicht so schnell. Dass wir Atropin im Whiskey gefunden haben, heißt noch lange nicht, dass er ermordet wurde.«

»Ihr schließt einen Selbstmord nicht aus?«

»Wir können nichts ausschließen.«

Daniela öffnete die Mappe vor ihr und reichte mir einige Blätter mit einem Kugelschreiber.

»Ich habe deine Aussage mitgenommen. So kannst du sie direkt unterschreiben und musst nicht noch einmal nach Fribourg kommen.«

»Dass du an das gedacht hast …«

Schnell überflog ich das Geschriebene, setzte meine Unterschrift darunter und gab ihr das Ganze zurück.

»Ich war über deine Nachricht erfreut«, fuhr sie fort, während sie die Blätter wieder versorgte, »aber auch besorgt. Was ist denn los?«

Während der nächsten Minuten erzählte ich ihr, was mir zugestoßen war.

»Hier im Wald?«

Ich nickte.

»Hast du die Person erkannt?«

»Nein. Ich weiß nur, dass es ein Mann gewesen war.«

»Willst du Anzeige erstatten?«

Ich schüttelte den Kopf.

»Und dieser Donnie ... wie gut kennst du ihn?«

Ich überlegte einen kurzen Moment.

»Er war es nicht.«

»Aha.« Sie lehnte sich zurück und blickte mich voller Bedenken an. »Du musst zugeben, dass das eine eindeutige Warnung war und dass du das nächste Mal vielleicht nicht dieses Glück haben wirst.«

»Ich weiß.« Ich gab klein bei, fügte jedoch in meinem Kopf hinzu, dass mich das nicht davon abhalten konnte, nach der Wahrheit zu suchen.

»Ich kenn dich nicht gut, aber so wie ich dich einschätze, wirst du dich nicht so leicht einschüchtern lassen.«

»Erwischt.«

Sie seufzte.

»Valerie, das ist eine ernste Sache. Du hast da Fragen gestellt, die jemandem überhaupt nicht bekommen. Jemand, der vielleicht schon Marco Stucky getötet hat.«

Meine Hände fingen wieder an zu zittern. Ich legte sie in meinen Schoß, sagte aber nichts.

»Thalmann will dich noch einmal sprechen.«

»Du magst ihn nicht sonderlich, was?«, versuchte ich abzulenken.

»Ich kann ihn nicht ausstehen«, gab Daniela zu. »Aber das tut nichts zur Sache. Er ist der leitende Beamte im Fall Stucky. Und er kann wirklich verachtenswert sein. Lass dich nicht einschüchtern, ja?«

»Versprochen.«

Als ich eine halbe Stunde später in die Wohnung trat, standen meine Mutter und Chollet auf. Thalmann blieb sitzen.

»Da bist du ja!«, sagte Bärbel überflüssigerweise. Ich entledigte mich meiner Jacke und meiner Schlüssel.

»Hallo, Frau Birbaum«, grüßte Chollet.

»Die Herren haben Neuigkeiten«, sagte meine Mutter. Ich konnte mir durchaus vorstellen welche. Bärbel schien etwas gekränkt, da die beiden Beamten ihr anscheinend nichts gesagt hatten.

»Frau Birbaum, wir haben einige Fragen an Sie.« Meine Mutter setzte sich etwas unbeholfen neben Thalmann.

»Gerne.« Ich platzierte mich auf der Kante der Couch, sodass ich mich Thalmann gegenüber befand. Chollet war stehen geblieben.

»Wir haben neue Informationen und brauchen Ihre Hilfe«, fuhr Thalmann unbeirrt fort. »In unserem letzten Gespräch haben Sie mir gesagt, dass Sie sich nur zufälligerweise auf dem Parkplatz befanden, als meine Kollegen ankamen.«

»Sie hatte eine SMS von diesem Marco erhalten, der Sie dort treffen wollte«, fuhr meine Mutter dazwischen.

»Danke, Frau Zumstein, das wissen wir schon. Zudem habe ich die Frage an Ihre Tochter gestellt, nicht an Sie.«

»Es stimmt, was sie sagt. Ich befand mich auf jenem Parkplatz nur, weil Marco mich per Nachricht dazu aufgefordert hatte.«

»Aha. Wie lange waren Sie auf dem Parkplatz, bevor die Polizei eintraf?«

»Ich weiß nicht ...« Ich überlegte kurz. »Vielleicht fünf Minuten.«

»Haben Sie den Flachmann, der im Auto vor dem Beifahrersitz lag, berührt?«

»Nein.«

»Sie hatten aber laut Ihrer Aussage Alkohol an Ihren Fingern.«

»Ja, ich habe versucht, Marcos Puls zu finden ...«

»Sie haben sich dafür, laut Aussage, in den Wagen hineingelehnt. Ist das richtig?«

»Ja. Als ich seine Schulter berührte, fiel er nach vorn. Anders hätte ich seinen Hals nicht erreichen können.«

»Haben Sie seinen Puls gespürt?«

»Nein.«

»Wollten Sie einen Puls spüren?«

»Was soll die Frage?« Ich begann langsam die Geduld zu verlieren.

»Beantworten Sie meine Frage.«

»Natürlich hoffte ich, ein Lebenszeichen zu fühlen.«

»Kommen wir noch einmal zurück auf Ihr Treffen mit Stucky am Morgen. Er wollte Ihnen den Kredit in der verlangten Höhe nicht geben, aber aus einem, ich zitiere ›privaten Fonds‹ etwas beisteuern. Ist das richtig?«

»Ja, so hat er sich ausgedrückt.«

»Woher kam der Fonds?«

»Ich weiß es nicht.«

»Wo waren Sie zwischen vier Uhr und vier Uhr dreißig am Montagnachmittag?«

Ich blickte zu Mutter hinüber, die eingeschüchtert wirkte, was meine Wut nur noch schürte.

»Habe ich Ihnen doch schon gesagt. Ich habe die Wohnung verlassen, um mich zum Hasli-Parkplatz zu begeben.«

»Der Parkplatz befindet sich keine fünf Gehminuten von hier.«

»Vielleicht habe ich die Wohnung auch später verlassen.«

»Vielleicht?«

»Bin ich jetzt etwa verdächtig?«

»Sollten wir das annehmen?«

Ich biss mir auf die Lippen.

»Nein. Ich habe mit seinem Tod nichts zu tun. Ich habe ihn nicht ermordet.«

»Wer spricht den von einem Mord?«

»Ich habe ihn nicht vergiftet«, gab ich trotzig zurück.

»Hat auch niemand behauptet.«

Thalmann schwieg. Niemand wagte, etwas zu sagen. Meine Mutter wand sich in der plötzlichen Stille. Als Hemingway unerwartet neben mir auf die Couch sprang, zuckte ich vor Schreck zusammen. Mein Herz raste.

Das war auch Thalmann nicht entgangen. Er schwieg immer noch und blickte mich eingehend an. Bärbel räusperte sich schließlich.

»Also, wer möchte einen Kaffee?«

Aber keiner der beiden Männer antwortete. Die Spannung im Raum war deutlich zu spüren. Schließlich blickte Thalmann zu ihr hinüber.

»Nein, danke. Wir sind durch.«

Er stand auf. Ich blieb sitzen.

»Danke für das Angebot«, entschuldigte sich Chollet. »Vielleicht ein anderes Mal.«

»Bitte verlassen Sie nicht den Ort, Frau Birbaum«, sagte Thalmann. Es klang mehr nach einer Drohung als nach einer Bitte.

Ich hörte, wie meine Mutter die Männer zur Tür begleitete.

KAPITEL 22

Es war früher Nachmittag, als ich eine Nachricht von Chris bekam. Er hatte zwar meine Telefonnummer nicht erkannt, sie aber gespeichert und so über WhatsApp mein Profilbild einsehen können. Ich hatte mich zwar in den zwölf Jahren sicherlich verändert, aber erkannt hatte er mich trotzdem.

Und so betrat ich kurz darauf erneut die Filiale der Bank.

Als Erste sah ich Deborah Stöcklin. Sie wirkte gefasster, als am Vortag, wich meinem Blick jedoch aus. Unser Gespräch begrenzte sich auf die üblichen Fragen nach dem Befinden des anderen. Dann wollte ich wissen, ob sie sich an Montag erinnern konnte, als Chris und Marco zusammen essen gingen. Sie nickte knapp.

»Du sagtest, Chris und Marco seien um die halb eins essen gegangen. Und du?«

Sie schien über die Frage erleichtert zu sein. »Ich habe die Bank kurz darauf verlassen.«

»Warst du allein hier?«

Einen kurzen Augenblick überlegte sie. Chris musste uns gehört haben, denn er kam aus einem Büro, um mich zu begrüßen.

»Ich kann mich nicht erinnern, dass sonst noch jemand hier war.«

Ich bekam Gänsehaut, als ich Chris zum ersten Mal ansah. Er lächelte zwar und tat sein Bestes, um locker und fröhlich zu wirken, aber ich fühlte mich plötzlich nicht mehr wohl. Er hatte sich kein bisschen verändert, seit unserer letzten Begegnung. Er wusste immer noch, wie attraktiv er war und gab sich erfreut, mich wieder zu sehen. Deborah verließ uns mit der Begründung, sie habe noch zu tun.

»Darf's ein Kaffee sein?«

Ich nickte und folgte Chris in ein Zimmer, das wie eine Küche eingerichtet worden war. Ein großer Tisch mit mehreren Stühlen, eine Pflanze. Ich setzte mich. Während er zwei Tassen zubereitete, sprachen wir über mein Buchcafé. Chris gab sich hoffnungsvoll des Kredites wegen.

»Das kriegen wir schon hin.« Er stellte mir eine Tasse auf den Tisch. »Zucker? Milch?«

Ich schüttelte den Kopf. Er setzte sich ebenfalls und nahm einen Schokoriegel aus einem Korb, der in der Mitte des Tisches stand.

»Ganz schlecht«, kommentierte er. »Jedes Mal, wenn ich hier vorbeikomme, kann ich nicht anders, als eine Branche zu nehmen. Und ich trinke mindestens zehn Kaffee pro Tag.« Er zwinkerte mir zu.

»Was kann ich für dich tun?«

Er musterte mich, wobei er die Augen leicht schloss.

»Ich wollte mit dir über Marco sprechen.«

Einen Augenblick blieb es still am Tisch. Die Lachfältchen um seine Augen waren verschwunden. Irgendetwas in seiner Haltung mahnte mich zur Vorsicht.

»Eine tragische Sache, das mit Marco. Habe gehört, du hast ihn gefunden.« War da Traurigkeit in seinen Augen?

Ich nickte. »Ich habe nur wenige Fragen.«

»Schieß los.« Er öffnete einen weiteren Riegel.

»Marco sprach über einen Fonds mit dem er den fehlenden Betrag meiner Kreditanfrage finanzieren würde. Weißt du, was er damit gemeint haben könnte?«

»Da kann ich dir leider nicht weiterhelfen. Ich kenne deinen Antrag nicht, aber irgendeine Lösung finden wir immer.«

»Und der Fonds? «

»Ich weiß nicht, was er damit gemeint hat. Hier in der Bank gibt es keinen Fonds für solche Zwecke.«

Er lächelte mir gutmütig zu und biss herzhaft zu.

»Du warst mit Marco am Montag essen, nicht wahr? Ich weiß auch, dass ihr das Büro um halb eins verlassen habt. Stimmt das?«

Er verschränkte die Arme vor der Brust. Ich kam mir plötzlich vor wie eine Kandidatin im Bewerbungsgespräch.

»So ungefähr. Genau weiß ich das nicht mehr.«

»Wart ihr die Letzten im Büro?«

»Ich weiß nicht. Das habe ich nicht kontrolliert. Ich weiß, dass Vincent noch an seinem Arbeitsplatz gewesen war.«

»Bist du sicher?«

»Natürlich, warum?«

Ich ging nicht auf seine Frage ein. »Wusstest du, dass Marco getrunken hat?«

Er schaute mich an, als wolle er abschätzen, worauf ich hinauswollte.

»Wer hat das nicht gewusst? Ich meine, er trank selbst am Mittagstisch seine Bierchen.«

»Auch am Montag?«

Chris lehnte sich zurück und verschränkte die Arme hinter dem Kopf. »Ja, auch am Montag.«

»Hast du ihn Whiskey trinken sehen?«

»Ist das ein Verhör?«

»Nein, natürlich nicht.«

»Nein, ich habe ihn nicht Whiskey trinken sehen, junge Frau. Aber er hat seinen Flachmann aufgefüllt, als wir ins Büro zurückkamen.«

»Seinen Flachmann?«

»Ja, wir haben noch in seinem Büro über Geschäftliches gesprochen und da hat er den Flachmann aufgefüllt. Vor meinen Augen. Aber warum möchtest du das wissen?«

Ich hatte keine Ahnung, was ich ihm antworten konnte.

»Die Geschichte lässt mir einfach keine Ruhe, verstehst du? Seit ich ihn in seinem Wagen gefunden habe, kann ich an nichts anderes mehr denken. Und wenn ich einmal eine Antwort auf eine meiner Fragen habe, so stelle ich mir gleich zwei weitere.«

»Ich kann verstehen, dass dich diese ganze Situation aus der Fassung bringt. Aber lass die Polizei ihren Job machen.«

Seine Ausführung klang einleuchtend und trotzdem blieb der Argwohn in seinen Augen bestehen. Eine Spannung stand zwischen ihm und mir, die ich nicht erklären konnte.

»Ich danke dir.« Entschlossen stand ich auf.

Er blickte mich überrascht an. »Aber dein Kaffee.«

»Danke dafür. Ich ... ich muss jetzt gehen.«

Hastig wandte ich mich zum Ausgang, während er aufstand. Bevor ich ins Einkaufszentrum hinaustrat, blickte ich noch einmal über meine Schulter. Chris stand mitten im Flur und sah mir nachdenklich nach. Wie peinlich er doch mein Auftreten einstufen musste.

Als ich mich wieder nach vorn wandte, war es schon zu spät.

KAPITEL 23

Mit Schwung rannte ich, den Kopf voran, in Vincent, der im selben Moment in die Bank wollte.

»Entschuldigung«, brummelte ich.

»Wieso denn so schnell?«, fragte er. Sein aufgesetztes Lächeln erreichte seine Augen nicht.

»Ich ... wegen des Kredites ... muss jetzt ...«

»Nur nicht so schnell.« Er fasste mich am Oberarm. Ich spürte, wie Chris uns immer noch beobachtete, war mir der Präsenz anderer Menschen in der Halle bewusst. Mit einer Geste versuchte ich, mich zu befreien, aber erreichte damit nur, dass sein Griff sich festigte. Plötzlich bekam ich es mit der Angst zu tun. Im Moment, als ich mich nicht mehr wehrte, ließ er los.

»Alles gut, kein Problem«, sagte er.

Ich blickte ihn an.

»Marco wurde ermordet, weißt du das?«

Er blickte mich einen Augenblick an, als wollte er mir nicht glauben.

»Ach ja?«

»Ja.« Ich spürte, wie meine Frustration sich in Wut verwandelte. »Er wurde vergiftet.«

Vincent blickte zu Chris hinüber, runzelte die Stirn und blickte mich wieder an.

»Und wer sagt das?«

»Die Polizei«, log ich, denn mir kam plötzlich ein Verdacht. Stöcklin sagte, sie sei die Letzte gewesen, die die Räumlichkeiten verlassen hatte. Chris behauptete, Vincent sei noch da gewesen.

»Aha.«

»Wann gingst du am Montag in die Mittagspause?«

Wieder wanderten seine Augen zum Flur hinter mir. Als ich über meine Schulter blickte, stand Chris immer noch da. Er war jedoch zu weit weg, als dass er hätte unser Gespräch belauschen können.

Vincent seufzte. »Ich weiß nicht mehr ... vielleicht Viertel vor eins? Warum? Ist das so wichtig?«

»Willst du meine Theorie hören?«

Er nickte knapp.

»Jemand hat Marcos Whiskey während der Mittagspause mit Gift angereichert.«

»Ach was.« Aber er schien verunsichert.

»Und gemäß meinen Informationen warst du der Letzte, der das Büro verließ ...«

Es war ein Schuss ins Blaue, eine Provokation, die meine ganze Frustration spiegelte.

»Und deshalb soll ich ein Mörder sein?« Sein Gesicht lief rot an. Ich konnte die Wut förmlich riechen. Er machte einen weiteren Schritt auf mich zu, seine Stimme sank zu einem Flüstern.

»Nun wäre ich sehr vorsichtig mit solchen Anschuldigungen, Frau Birbaum. Ich könnte dich deswegen verklagen. Ich könnte dafür sorgen, dass du weder von dieser noch von einer anderen Bank je einen Kredit bekommen wirst.«

Ich blickte ihm in die Augen, unsere Köpfe keine fünfzehn Zentimeter voneinander entfernt.

»Ist das eine Drohung?«

Er richtete sich zur vollen Größe auf.

»Was immer du willst. Ich muss jetzt los. Es gibt Leute, die arbeiten. Ich rate dir jedoch, mit solchen Anschuldigungen aufzuhören.«

Ohne eine Antwort abzuwarten, ließ er mich stehen. Ich war zu stolz, um mich umzudrehen.

Erst auf dem Parkplatz, neben den Einkaufswagen, erlaubte ich mir, tief durchzuatmen. Die Angst saß mir tief in den Knochen. Seine Reaktion sprach Bände. Wer drohen musste, hatte etwas zu verbergen. Und wenn ich mit meiner Vermutung richtig lag, würde die Reaktion nicht auf sich warten lassen.

Es verging keine halbe Stunde, bis ich Vincent Aubrey aus dem Einkaufscenter kommen sah. Er blickte weder nach rechts noch nach links. Im Gehen zündete er sich eine Zigarette an. Ich ließ ihm gebührend Abstand und folgte ihm in Richtung Kirche. Er ging am Gemeindehaus vorbei, am Schreibwarenhandel. Kein einziges Mal blickte er zurück. Am Verkehrskreisel bog er rechts ab und warf seinen Zigarettenstummel in den Rinnstein. Jetzt musste ich vorsichtiger sein. Es gab auf diesem Abschnitt weniger Möglichkeiten, um sich zu verstecken. Ich ließ Vincent einen größeren Vorsprung, umrundete die Kirche. Er war nicht zu sehen. Ich beschleunigte meine Schritte aus Angst, ihn aus den Augen zu verlieren. Als ich bei der Textilreinigung ankam, war er auf Höhe der Weinhandlung. Und da wusste ich plötzlich, wo er hinwollte. Wie Schuppen fiel es mir von den Augen.

Dass ich an das noch nicht gedacht hatte! Eleonore musste das Gift nicht unbedingt selbst in die Flasche getan haben. Jemand anders hätte das in ihrem Auftrag auch tun können.

Wie einfältig ich doch war!

Minuten später beobachtete ich, wie Vincent ins Haus trat. Einen Augenblick überlegte ich, was zu tun war. Ich beschloss, Daniela eine Nachricht zukommen zu lassen. Man konnte ja nie wissen. Und nach dem, was mir im Wald zugestoßen war, wollte ich kein Risiko mehr eingehen.

Langsam näherte ich mich dann dem Haus. Hoffentlich bemerkte mich niemand. Neben der Tür hielt ich inne. Nichts war zu hören. Vorsichtig drückte ich auf die Klinke. Die Tür gab nach. Schnell schlüpfte ich in den Eingangsbereich und schloss vorsichtig die Tür hinter mir. Von Vincent war nichts zu sehen. Keine Schuhe am Eingang. Auf Zehenspitzen schlich ich den Flur entlang und hielt mich dabei so nahe an der Wand wie möglich. Dann hörte ich Vincent sprechen.

»Was soll das? Du kannst doch nicht einfach ...«

Eine Frauenstimme gab eine Antwort in einem schnippischen Ton, die ich nicht verstehen konnte. Ich versuchte, mich näher ranzuschleichen. Gar nicht so einfach mit all den kleinen Tischchen und Gegenständen, die den Flur zierten.

»Weißt du, was das bedeutet?«

Ich machte einen weiteren Schritt, um in den Raum spähen zu können. Dabei stieß ich leicht an ein Möbelstück, auf dem eine Vase stand. In letzter Sekunde konnte ich die vor ihrem Sturz retten. Allerdings musste ich damit meine Präsenz verraten haben. Eilige Schritte waren zu hören.

»Was ist denn ...?«, hörte ich Vincent rufen. Er kam direkt auf den Flur zu.

Schnell drehte ich mich um, um das Haus wieder zu verlassen, als mir der Rückweg abgeschnitten wurde.

KAPITEL 24

»Na, wen haben wir denn da?«

Hinter mir erschien ein verstörter Vincent.

»Du?«, fragte ich ungläubig.

»Ich?« Sabine lachte und kam langsam auf mich zu. »Wen hast du denn erwartet?«

Ich versuchte, meine Chancen abzuschätzen, einfach an ihr vorbeizustürmen.

»Versuch es erst gar nicht«, zischte sie. Langsam ging ich rückwärts. Es gab keine Möglichkeit mehr, den zweien zu entkommen. Und das wusste auch Vincent, der einfach im Wohnzimmer stehen geblieben war, während mich Sabine immer weiter zurückdrängte.

»Aber warum?«

Sie war nun auf Armlänge an mich herangekommen.

»Weil er ein Mörder war.«

»Marco?«

»Wer sonst?« Sie machte noch einen Schritt auf mich zu und stieß mich so heftig vor die Brust, dass ich rückwärts taumelte. Anstatt mich aufzufangen, machte Vincent einen Schritt zur Seite, sodass ich rückwärts auf den Salontisch fiel, der ging in die Brüche. Scherben schnitten mir in die Hände, mein Rücken schmerzte. Tränen kamen hoch. Und mit ihnen wieder diese Wut.

»Marco war kein Mörder.«

Sabine lachte nur, als sie mich meine Hände betrachten sah. Dann wandte sie sich ab, ging neben einer Tasche in die Knie.

»Ich verstehe nicht ...«

»Vögelte alles, was ihm zwischen die Beine kam. Und dann ließ er sie einfach sitzen.«

Sabine stand wieder auf. Als sie sich zu mir umdrehte, gefror mir das Blut in den Adern. Sie hielt eine Spritze in der Hand, aus der sie nun einige Tropfen herausdrückte.

»Muss das sein?« Vincent wirkte unsicher.

»Was meinst du?« Sabine lachte höhnisch.

»Wo ... wo ist Eleonore?«

Sabine hielt in der Bewegung inne, als müsste sie überlegen.

»Eleonore? Die schläft ihren Rausch aus, die Gute. Hat lange genug gelitten. Aber jetzt bin ich für sie da. Und du bald nicht mehr.«

Auf allen vieren rückwärts versuchte ich, mich von ihr zu entfernen. Die Glassplitter schnitten in meine Hände, durch meine Kleider. Dann stieß mein Rücken auf das Sofa und beendete meinen kläglichen Fluchtversuch. Langsam kam sie auf mich zu.

»Aber da du sowieso sterben wirst, nehme ich mir gern die Zeit, dir das zu erklären.«

»Sabine ... ich«, begann Vincent.

»Halt die Klappe!«, fuhr sie ihn an.

»Aber ...«

»Halt die Klappe, ja?«

Ich stemmte meinen Rücken gegen die Couch, um hochzukommen.

»Bleib, wo du bist!«, wandte sich Sabine wieder mir zu. Ich sah nur noch die Spritze in ihrer Hand. Sie hatte es bemerkt und lachte böse.

»Weißt du, was das Beste am Ganzen ist?« Die Frage war an mich gerichtet. Ich schüttelte den Kopf.

»Er hat bekommen, was er wollte.«

»Sabine, mach das nicht«, mischte sich Vincent ein.

Sie machte einen Schritt zur Seite und gab Vincent einen solchen Fußtritt vor die Brust, dass der das Gleichgewicht verlor. Sein Kopf schlug dumpf auf dem Sideboard auf, auf dem Flaschen zu tanzen begannen. Er blieb stöhnend liegen.

»Du hast ihn getötet!« Meine Wut war unüberhörbar.

»Ja, das habe ich. Er hatte es verdient. Dass er mich dazumal schwängerte und dann sitzen ließ, ist eine Sache. Ich musste abtreiben, hatte ich doch eine Familie. Weißt du, wie sich das anfühlt?«

Zorn klang in ihrer Stimme mit.

Ich war verängstigt, wollte das aber nicht zeigen. Mein Vorsatz hielt nicht lange an.

»Aber nach mir gab es andere. Und Eleonore, die daheim saß und am Gedanken zugrunde ging, nie Kinder bekommen zu können. « Vincent rappelte sich mühsam wieder auf. Er blutete an der Stirn. Als er sich aufrichtete, taumelte er hin und her. Schließlich hielt er sich am Sideboard fest, um nicht erneut hinzufallen.

»Und dann hat er Deborah Versprechen gegeben. Und ihr Geschenke gemacht. Und ihr vorgequatscht und parliert, oh wie schön sie es haben würden. Und bla bla bla ...« Sabine fuchtelte mit der Spritze umher und verdrehte dabei die Augen. »Nur als sie ihm gestand, sie sei schwanger, da war nichts mehr mit schönen Parolen. Abtreiben sollte sie, sonst würde er sie verlassen. Kannst du dir das vorstellen?«

Ich schüttelte den Kopf, machte mich so klein wie möglich. Sabine fixierte mich mit den Augen. Meine Angst schien ihr Genugtuung zu geben.

»Aber mit dem ist jetzt Schluss.«

Sabine beäugte noch einmal ihre Spritze. Ihr Gesichtsausdruck bekam etwas Entschlossenes. Mit einer Schnelligkeit, die ich nicht von ihr erwartet hätte, war sie über mir. Ich sah, wie die Spritze auf mich zukam und hob schützend meine Hände vor den Kopf, schloss die Augen. Als Nächstes hörte ich einen dumpfen Schlag. Glas splitterte. Sabine fiel auf mich. Ich schrie auf, drehte den Kopf zur Seite. Ich spürte eine klebrige Flüssigkeit auf meinem Gesicht, wagte es aber nicht, die Augen zu öffnen. Ich musste würgen. Panik ergriff Besitz von mir. Wie verrückt begann ich um mich zu schlagen, strampelte und schrie, bis ich merkte, dass sich Sabine gar nicht mehr bewegte.

Vorsichtig öffnete ich die Augen.

Ihr Gesicht war nur Zentimeter von meinem entfernt, ihr Kopf mit Blut überströmt, ihre Augen geschlossen. Angeekelt entwand ich mich ihrem Gewicht und stand viel zu schnell wieder auf. Mein Herz raste, mir war übel, alles drehte sich. Bevor ich wieder hinfiel, sah ich Vincent am Boden sitzen, den Rücken gegen das Sideboard. Er blickte mit Entsetzen auf seinen Bauch, wo die Spritze herausragte.

Dann fiel ich in Ohnmacht.

KAPITEL 25

Als ich wieder zu mir kam, beugte sich jemand über mich. Reflexartig schlug ich zu.

»Aua!«, hörte ich Chris schimpfen, »verdammt noch mal.«

»Valerie, Valerie, alles gut ... alles ist gut.«

Daniela nahm meine Hände in ihre, kniete sich zu mir hin.

»Chris?« Ich war verwirrt.

»Alles gut.«

»Ich ...«

»Schhht!« Daniela ließ meine Arme los und bettete meinen Kopf in ihren Schoß. Da war keine Kraft mehr in mir. Tränen rannen mir übers Gesicht. Ich zitterte am ganzen Körper und rollte mich schluchzend zusammen.

»Alles gut«, flüsterte sie erneut. »Ich bin da. Ich bin da.« Langsam wiegte sie mich hin und her, wie man es mit einem kleinen Kind zu tun pflegt, während ich mir bewusst wurde, wie sich der Raum mit Menschen füllte. Ich hörte Stimmen um mich, die zu einem Brei verschmolzen. Und immer wieder Danielas Stimme, die mich zu beruhigen versuchte.

Ich weiß nicht, wie lange ich so dalag und ihrer Stimme lauschte. Die Umgebung versank in dicker Watte. Einige Minuten? Einige Stunden? Irgendwann dann fand ich mich auf der Couch wieder. Jemand reichte mir ein Glas Wasser, von dem ich die Hälfte verschüttete, als ich versuchte, etwas zu trinken.

Ich wurde eines Sanitäters gewahr, der mir den Blutdruck maß, um dann aus meinem Gesichtsfeld wieder zu verschwinden. Menschen gingen hin und her. Fotos wurden geschossen. Vor dem Sideboard hatte man etwas mit einem weißen Tuch zugedeckt.

Daniela setzte sich zu mir. Die Wärme ihres Körpers tat gut.

»Wie geht es dir?«, fragte sie sanft.

Chris ging vor mir in die Hocke. »Mädchen, Mädchen ...« Er schüttelte tadelnd den Kopf.

»Was ...?« Ich blickte von ihm zu Daniela.

»Alles gut. Chris arbeitet für uns.«

»Für die Polizei?« Ungläubig sah ich von einer zum anderen. Ich verstand gar nichts mehr.

»Nicht ganz. Ich arbeite für die FINMA, die eidgenössische Finanzmarktaufsicht.«

Mein Kopf war leer. Mein Körper schmerzte.

Ich hatte Mühe, mich zu konzentrieren.

»Aber erst musst du dich jetzt erholen. Wir reden später.«

Er stand auf und verließ den Raum.

»Ist er ...?« Ich machte eine Kopfbewegung in Richtung des weißen Lakens. Daniela bejahte per Kopfnicken. Ich schloss die Augen und ließ meinen Kopf zurücksinken. Das Sofa fühlte sich weich und kühl an.

Daniela blieb auch bei mir, als ich mit der Ambulanz ins Spital gebracht wurde. Sie war da, als ich Beruhigungsmittel erhielt und als ich dann wieder benommen aufwachte. Mit einem nassen Tuch tupfte sie mir sanft über die Stirn. Die Kühle tat unendlich gut. Ich ließ es geschehen und sank wieder in einen tiefen Schlaf.

Irgendwann wähnte ich, die Stimme meiner Mutter zu hören, die fragte, wo man denn hier etwas Anständiges essen konnte.

Als ich schließlich wieder zu mir kam, war es hell. Dicker Nebel hing vor den Fenstern. Daniela saß in einem Stuhl und las. Sie lächelte, als ich den Kopf bewegte.

»Da ist sie ja wieder, unsere Valerie!«

»Wo bin ich?«

»Im Krankenhaus.«

»Was ...?«

»Du hast zwei Tage geschlafen.«

»Zwei Tage?« Ich konnte mich an nichts erinnern.

»Welchen Tag haben wir?«

»Freitag.«

»Freitag? Ich muss ins Buchcafé. Ich sollte heute die Schlüssel …« Ich versuchte, mich aufzurichten. Mit zwei Schritten stand Daniela neben mir und drückte mich sanft zurück in die Kissen.

»Nur ruhig. Deine Mutter kümmert sich darum.«

»Meine Mutter?«

»Ja, alles gut. Und Donnie kümmert sich um Ernst während der Zeit.«

»Donnie?«

»Ja, der attraktive Nachbar, den du hast.«

Sie zwinkerte. Mein Mund fühlte sich trocken an. Mir war heiß. Dann erblickte ich die Schläuche, die aus meinem linken Unterarm zu kommen schienen, folgte ihnen mit den Augen bis zur durchsichtigen Flüssigkeit im Beutel, der oberhalb meines Bettes angebracht worden war.

»Wie fühlst du dich?«, fragte Daniela und setzte sich auf die Bettkante.

»Was ist ...?«

Sie sah mich an, als wollte sie abschätzen, was ich zu hören fähig war. Dann seufzte sie.

»Als wir ankamen, lagst du ohnmächtig am Boden. Sabine Bachmann hatte eine offene Wunde am Kopf und Vincent Aubrey saß gegen das Sideboard gelehnt.«

»Sind sie ...?«

»Tot? Bachmann war nur bewusstlos. Sie hat viel Blut verloren und liegt auf der Intensivstation. Sie wird es überleben.«

»Und Vincent?«

»Er hat das Ganze nicht überlebt.«

Tränen rollten schweigend über meine Wangen. Ich spürte, wie wenig Kraft ich eigentlich hatte.

»Was ist passiert?«

»Wir wissen es nicht genau.« Sie richtete mein Laken. »Wir gehen davon aus, dass Vincent Aubrey Sabine Bachmann eine Flasche Whiskey über den Kopf gezogen hat, als sie versuchte, dich mit der Spritze umzubringen.«

»Whiskey?«

»Es roch ziemlich stark, als wir eintrafen.«

»Warum?«

»Das wissen wir definitiv noch nicht. Fakt ist, dass Vincent Aubrey sehr wahrscheinlich Sabine Bachmann am Montag heimlich in die Bank ließ. Wir haben weder ihre Fingerabdrücke, noch die von Aubrey auf der Flasche gefunden, aus der Stucky seinen Flachmann aufgefüllt hatte. Aber die Überwachungskameras am Eingang der Bank haben die beiden beim Verlassen der Büros gefilmt. Der Rest wird sich zeigen. Wie kamst du auf die Idee, dass Aubrey etwas mit Marcos Tod zu tun haben könnte?«

»Ich ...«

Es klopfte an der Tür.

KAPITEL 26

Ein riesiger Blumenstrauß erschien in meinem Gesichtsfeld und dahinter das verlegene Lächeln von Chris. Seine rechte Wange hatte sich blau verfärbt.

»Ich möchte mich entschuldigen«, sagte er.

Ich konnte meinen Blick nicht vom Hämatom nehmen. Er bemerkte es.

»Ja, das ist mein Andenken an unsere letzte Begegnung.«

Ich lief rot an. Er legte den Blumenstrauß auf die Fensterbank.

»Ich schulde dir noch einige Erklärungen.«

Er zog sich einen Stuhl ans Bett und setzte sich.

»Wir arbeiteten schon Wochen am Fall Aubrey. Die Finanzmarktaufsicht, für die ich arbeite, hatte mich inkognito in die Bank eingeschleust, um Informationen zu sammeln. Deshalb war es wichtig, dass ich meine wahre Identität nicht verriet. Und das konnte ich nur, wenn ich dich davon abhielt, zu viele Fragen zu stellen. Aubrey war ein intelligenter Typ und hätte seine Aktivitäten sofort eingestellt. Ich gebe aber zu, dass ich dich im Wald vielleicht ein wenig zu heftig angegangen bin.«

»Du warst das?« Ich sah ihn ungläubig an.

Er nickte verlegen.

»Wusste Marco davon? Ich meine, er war doch dein bester Freund, oder nicht?«

»Ich habe mich bei ihm gemeldet, als wir Aubrey ins Visier nahmen. Wir hatten uns aus den Augen verloren. Aber auch nach acht Jahren hat er mich eingestellt, ohne große Fragen zu stellen. Die alte Vertrautheit war sofort wieder da gewesen. «

»Was ist mit Marcos Geld?«, wollte ich wissen und sah wieder Daniela an. »Ich meine, als Filialleiter der Bank musste er doch gut verdienen. Eleonore sagte aber, er besitze nichts.«

»So weit sind wir noch nicht. Alles, was wir zurzeit wissen ist, dass Stucky sich sehr wahrscheinlich Geld von den falschen Leuten geborgt hat, um die hohen Kosten der künstlichen Befruchtung seiner Frau zu bezahlen. Im Gegenzug half er ihnen bei der Geldwäsche über die Filiale. Wir vermuten, dass er aussteigen wollte und in der Folge erpresst wurde.«

Ich war wieder müde und das musste man mir auch ansehen.

»Aber ich gehe dann jetzt mal besser wieder. Ich sag der Krankenschwester Bescheid, sie soll eine Vase für die Blumen organisieren. Hoffentlich versteht sie Deutsch. Mein Französisch ist nämlich nicht wirklich gut. Bis bald.«

Ich bedankte mich bei ihm für die Blumen. Nachdem er gegangen war, schwiegen wir einen Augenblick.

»Etwas passt einfach nicht ins Bild«, nahm ich das Gespräch wieder auf.

»Was denn?«

»Der Lieferwagen. Also der Anruf wegen des Lieferwagens.«

»Wir haben die Nummer zurückverfolgt. Sie gehört einer Anwohnerin gleich gegenüber, die sich daran störte, dass dieser Lieferwagen dort abgestellt worden war. Zum Zeitpunkt des Telefonats war Stucky noch nicht dort. Es muss sich also um eine Art Zufall handeln.«

»Zufälle gibt es nicht.«

»Das denke ich auch. Nennen wir es vielleicht einfach eine Fügung des Schicksals?«

»Man muss ja nicht alles erklären können.«

»Und ändern können wir es ja sowieso nicht mehr.«

EPILOG

Ich war überglücklich, das Krankenhaus am Samstagmorgen verlassen zu dürfen. Daniela fuhr mich nach Hause.

Als ich die Tür öffnete, waren sie alle da. Meine Mutter, umarmte mich mit Tränen in den Augen, während Ernst an mir hochsprang. Donnie, der dem Häppchenbüfett den letzten Schliff gab, während Hemingway nur darauf wartete, dass er ihm den Rücken zuwandte, um sich was zu stibitzen. Chris öffnete eine Flasche Champagner. Meine Wohnung sah so ganz anders aus. Die Bilder hingen an den Wänden, die Bibliotheken waren gefüllt mit meinen Büchern, die jemand nach Farbe geordnet hatte. Musik erklang im Hintergrund. Es roch köstlich nach Essen.

Einen Augenblick kämpfte ich mit den Tränen, schloss die Augen und nahm all das in mir auf.

Manche Samstage begannen eben aufregender als andere.

Und dafür war ich unendlich dankbar.

Valerie Birbaum ermittelt
auch in ...

Liebe, Tod und blaue Muffins

Jean-Pascal Ansermoz wurde im September des Jahres 1974 in Dakar (Senegal) geboren. Erst Anfang der Achtziger kam er in die Schweiz zurück, schloss seine Schulzeit mit dem Abitur in Basel ab, bevor er in Lausanne sein Studium in Angriff nahm.

Er ist einer, der mit Leichtigkeit über den Röschtigraben springt, schrieb er doch bis 2009 nur in französischer Sprache. Weltenbürger, Romand und Deutschschweizer in einem: ein Autor mit Hang zum Kriminellen aber auch zu Poetischem, Literarischem, Alltäglichem und Besonderem.

Er lebt als freischaffender Autor in Düdingen (CH).

www.jeanpascalansermoz.ch